意林 | 告白的书

意林
告白的书

一念，春分

YINIAN,
CHUNFEN

陈
麒 CHEN
QI
凌 LING ⊙ 著

北京工业大学出版社

图书在版编目（ＣＩＰ）数据

一念，春分 / 陈麒凌著 . -- 北京：北京工业大学
出版社 , 2019.9
（告白的书）
ISBN 978-7-5639-6974-6

Ⅰ.①一… Ⅱ.①陈… Ⅲ.①短篇小说－小说集－
中国－当代 Ⅳ.① I247.7

中国版本图书馆 CIP 数据核字 (2019) 第 182368 号

一念，春分
YINIAN,CHUNFEN

著　　者：陈麒凌
责任编辑：钱子亮
封面设计：资　源
出版发行：北京工业大学出版社
　　　　　（北京市朝阳区平乐园100号　邮编：100124）
　　　　　010-67391722（传真　bgdcbs@sina.com）
经销单位：全国各地新华书店
承印单位：大厂回族自治县益利印刷有限公司
开　　本：880毫米×1230毫米　1/32
印　　张：8
字　　数：200千字
版　　次：2019年9月第1版
印　　次：2019年9月第1次印刷
标准书号：ISBN 978-7-5639-6974-6
定　　价：39.00元

书写爱的陈老师（代序）

喜欢陈老师由来已久。

我读大学的时候喜欢看一本纯情类的杂志，在那里看到了陈老师的第一篇小说，一时惊为天人，如金瓜击顶，半晌没有缓过神来，那篇小说也是看了一遍又一遍，如获至宝。相较于书写同类题材的作者，陈老师一出手，便高出太多，碾压式地让人心服口服。

至此，陈麒凌三个字便成了我看那本杂志追逐的对象，她的作品成为我的饕餮大餐。拿到杂志，先看目录是不是有她，有，便放下手里所有的事情，直接翻到那一页，第一时间看完小说，才长长舒出一口气。

缓一缓，再缓一缓，才能看其他人的作品。

陈麒凌的小说是要用时间去体味的。

当得知我所钟爱的平鑫涛先生曾赞誉，陈老师的小说是他近十年来看过的最好的小说，惊喜极了，瞧瞧，瞧瞧，英雄所见略同，我一早便是知道她的好的。只是，她所得荣誉岂止这么一点点，华文星云奖、《联合报》文学奖首奖以及林语堂文学奖都被她轻松收入囊中。每一次，得到这些消息的时候，我都要赞叹一句，英雄所见略同啊，略同啊！什么叫实至名归，这才是！

终于在一个朋友的引荐下，我和陈老师在网络上相逢了。我忐忑地问她，能不能合作一本书。她淡淡回应，有一组小说，也不知道你能不能看得上。

当然能看得上。第一时间将她的稿子要了过来，从第一篇开始阅读，彻底挑灯，直看到纸上只剩最后一个字，窗外天光发白，方肯罢休。突然忆起自己的大学时光，在熄了灯的寝室外的走廊里，借着路灯，不也是这样一篇一篇将她的小说看过来的。原来，那种青春的激情在内心深处隐藏，这些文字再度将这种激情打开，让它迸发出来……

也许每个人在任何时间和处境当中，心底都永存着那份爱与激情，只是很多时候我们不自觉地因为纷扰的生活、沉重的负担以及过多的责任而忘记了它们的存在。陈老师的文字是一把钥匙，阅读它，便是打开那扇尘封的门。门外窥望，你能抽丝剥茧，感悟人生的本真。走进门内，也许便获得再一次激情澎湃的青春。

这十五个故事，有一身孤勇，为爱跨越万水千山；有飞蛾扑火，炽烈至极不留余地；有温柔恬淡，不动声色沁入心扉……十五个故事，十五段孤独情缘。阅读这些清丽文字当中的故事，你会发现直入内心深处的温暖。

陈老师在一次采访中说，孤独是人类的宿命，正因为如此，人才有对爱的寻求与渴望。我想一个写作者，为何会写作，就是想用书写爱的方式去抵御这种孤独，而喜欢阅读的人，为何会阅读，就是期望通过感悟爱来治疗这种孤独感。

我想这是这本书所期望的，也是陈老师所期望的，更是很多文学创作者和从业者共同期望的。

本书策划　黄磊

目　录

青春最美的句读

有人问你粥可温

那一季的紫荆花开（代后记）

爱你是一场
孤独盛宴

那小巧白净的手掌，那深红的断掌纹外，是上下两条突起的刀痕，粗、重、深、红，像隆起的两纵山脉，蜿蜒前行，各自展开。

那里刻着最惊心动魄的生命和爱情。

≈

断　掌

1

炎夏暑暄，最舒服的去处莫过于一片蓝晶晶的海水。

游客转眼就散落在十里银滩，花花绿绿的。

雪似的浪花从容有力地卷绕进退，黑色的海鸟展开翅膀蹿起来，声浪似乎极近又极远。

这时周转才有空坐下，暖热的沙粉挤拥着他的赤脚，他笑了，有点寂寞。

下一年就要毕业了，暑假回老家带团，希望能攒几个钱，毕业要考研，手头不能拮据。

他躺下，把身体埋在沙里，修长结实的腿暖烘烘的，舒服中有些骚动不安，不知是沙子，还是心思，撩拨得，痒痒的。疼！猛地，他叫了起来，才看见一个女孩子急急跑过，正踩到他埋在沙里的腿，也"啊"地踉跄一下。

女孩子回头望了他一眼，周转登时有点发晕。

是不是大白日见到鬼了，眼前这个气喘着的女孩，竟然长裙广袖，白衣胜雪，好像猝然闯过时光隧道的古朝仕女。

她眼睛很大，却清凌凌地散发着凉气，此时也是，云水不惊地看他一眼，一句话也没有，又挽起裙裾跑了。海风很猛，她白色的身影飘飘地远了，像一只摆着翅膀的白鸥，又像一只摇曳而起的纸鸢。

走过的地方，白沙里两行湿润的印子，不是鬼，是人，她用脚跑的，而且，劲儿不小，因为周转的腿还在疼。

司机在伞下晒太阳，周转一瘸一拐地走过去："宏哥，这里是不是拍戏啊？"

"哪儿？哪儿？"司机抬起头，摘下墨镜。

"那个女孩子，穿白色古装的，刚跑过去——"

"哦，那是宋城弹琵琶的小姑娘吧，好几个呢，上个月才下来的。"司机解释说。

"我还不知道，团里没安排这个点，不知道宋城竟然用这么漂亮的女孩招徕人啊！"

"标致是标致，就是带队的老师管得紧，不听话还会打，挺可怜的，不过十几岁的小孩子。"

有游客水淋淋地上来，问："周导，咱们等会去哪儿啊？"

周转眼神还在远方悠忽着，嘴里却果断地应道："宋城，临时加个景点，去宋城。"

2

午后的阳光骄恣，宋城却青砖青瓦，碎石小巷，幽幽里透着微凉。

大家都说这个景点加得好，有几个客人倦极，竟靠着城门的过堂风口，打着盹儿。

周转独自闲走，小桥，短亭，曲曲折折的回廊，心里的期待也曲折延伸，时隐时现。

忽地，耳边似听得"淙淙"的琵琶声，只是一两声挑拨，就沉寂了。

他停住脚，屏住气，终于，琵琶曲自不远处续续弹起，嘈嘈切切，珠落玉盘。

周转急忙循声找去，左转，右绕，跃过一道矮墙，呵——

楼边，栏畔，小轩窗里，端然凝坐着两名女子，一红一白，玉人般，怀抱着琵琶，十指敏捷灵动，乐声流出汩汩如泉。

四周早有各色游客，有的听曲，有的看人，有的拍照，有的唠唠叨叨地逗她俩说话，不得，便又指手画脚地评点一番。

一会儿他们就散了。

琵琶声缓缓停歇。红衣少女整整长长的衣袖，甩甩手臂，不经意抬眼，却见周转抱着膝盖坐在草地上仰头直笑。她有点儿意外，随即附在白衣少女耳畔嘀咕了一句，自己却忍不住扑哧地乐了。

那白衣少女，也只是淡淡看过来一眼，没有表情，遂又低头调弦。

就是她，周转的心怦怦地一撞。

他站起来，高高大大的，随手拍拍屁股，一路笑着，潇潇洒洒地走来。

"怎么不弹了？真好听！"

红衣少女拧拧脖颈，故意地道："客人都走了，我们不要歇歇吗？手指都疼死了！"

"谁说走了？我不是吗？好，你们偷懒，我要去投诉！"周转打趣着。

红衣少女努着嘴，扭扭身子，手指点出来："你这个人好坏！好坏！"

不等周转搭话，那白衣少女已经静静拨响琵琶，音乐复又婉约流转。

红衣少女小声说："俞雪石，你的手指头都出血了，别弹了，还是让我弹吧。"又转头喊向周转，"都是你不好，你看你看，她的手指！"

周转看去，白衣少女的右手食指果然有隐隐的殷红，但她不停手，丝弦刚硬，每一下都剧痛，而她一张脸白白净净，毫无痛色。

"好啦好啦，我有创可贴，快来包扎一下，要不伤口会发炎的。"周转连忙从背囊里翻出药箱。

她，哦，他知道她名字了，俞雪石，雪石。

雪石很安静，低着眉眼，把受伤的手指顺从地放在他手心。他炽热的手心，紧张地感觉那纤细凉滑的重量和质感，他给她消毒，上药，包扎，手脚变得很笨。红衣少女不停在耳边聒噪，知道了，知道了，知道她叫锦绣，姓花。

包扎好了，她敏捷地抽出手指，低头研究着，那神气果然还是个孩子。

周转不禁笑道："脚用不用包扎一下呢？"

"哦？"她抬起清水般的眼睛，听不懂。

"你今早踩了我一脚，我的腿可是长着倒刺的，有剧毒，说不定你的脚丫子现在中了毒，有点痒对不，还有点累，哈哈，快看看！"

雪石当真往脚下看去，眉头轻轻地皱了起来："真的吗？"

锦绣和周转一起大笑起来，锦绣拍她一记："俞雪石，你真笨死了，这话你也信。"

那美丽的女子也窘窘地笑了，半低着头，微红了脸，眼睛蒙眬地看着人。

周转只听得自己的心跳如晨钟，越撞越猛，震耳地回响。

然而表面上，他还可以老练地笑着，随便地东拉西扯，这就打听到了，她们一共五个女孩子，苏州人，八岁开始练琵琶，暑假里跟了师傅南下实习——其实也是炒更（兼职赚钱）。师傅姓秦，四十五岁的老女人，没结婚，极严，凶，会拿竹篾打人。她们住在宋城西北角的公寓里，离海滩很近。"喏——就是那幢海蓝色小楼，三楼。"

锦绣站起来，踮着脚，遥遥指着。

"那好，我今晚可以去找你们玩。"周转趁势说，"我们的团友提议今晚在海滩上举行篝火晚会，都是学生，很好玩的。你们也来……"

"不行不行，秦老师不准我们晚上出去的！"锦绣连连摆手，"她说外面坏人多得很，尤其是你们广东人，狡猾得很！"

雪石也在旁边认真地点头。

"哈哈，毕竟是小孩子啊，不敢？生怕我吃了你们？"周转故意笑着，"真是听话的好孩子，大家都有大红花，哈哈。"

"我不怕！我敢！我不是小孩子！"雪石突然接道，大眼睛里是很严肃的表情。

"我的牛妹妹啊，你逞个什么强？我问你，你怎么和老秦说。"锦绣回头望她。

雪石也望她，抿着嘴，还是一派可爱的严肃，良久才压出一句："不知道。"

锦绣拍脑门大声叹气。

雪石又坚定地重复一遍："反正今晚我要去，我敢去的。"

锦绣又叹："就是你这个犟脾气，老秦打的你还少？"

最后还是周转的主意，以旅行社的名义邀请她俩演出，当然也要许诺一定的费用，锦绣说这就不愁老秦不点头了。

3

还有什么浪漫过，白白的海浪，黑黑的夜，红红的篝火，绿绿的青春？

周转在人群中周旋，一会儿跳一会儿唱的，他开朗风趣，把一群年轻人的气氛搞得活泼热烈。

他知道雪石和锦绣也在听他望他，尽管忙碌到只能用眼波的余光，却一切了如指掌。

雪石穿着浅蓝色的短衣，白色长裙，怀里搂着一把琵琶，抵着腮，睁着大眼睛，出神，火光把她精美的脸映得半明半暗。

有几个男学生过来搭话，她应也不应，像个聋子。反而是锦绣，笑得响，问得多，不一会儿就和大家玩熟了。

这就更显得她落落寡合，但她不是傲，也不是冷，只是不合，却也安之若素，自给自足，那种天真的自在的却又浑然不觉的美丽。

终于周转可以在她身边坐下，汗津津的脸，眼神亮且热："你就只是坐着？不跳不唱也不吃？"

"我不只是坐着，我也看也想呢！"雪石只肯对他说话。

"你想什么？"周转笑了。

"我看你们跳啊说啊，我就想，怎么你们会这么高兴呢？怎么你们有这么多话说呢？"雪石的大眼睛，周转看久一点，就有轻微的眩晕。

"你也可以，来，把手给我，我带你跳舞！"正好是支舞曲，周转去拉雪石的手，不料雪石非常敏感迅速地把手藏到背后，同时嗖地站起来，后退几步，眼神如机警的小兽。

周转一脸迷惑尴尬，锦绣一旁笑道："你们不知道，咱们俞雪石小姐的手，是只留给她的王子拉的，别的男人，碰都不能碰！"

雪石的脸有点红，嗫嚅着："我是有点封建的。"

周转只能耸耸肩，这点憨气只是平添了她的可爱，让人忍不住心疼罢了。

因为拉不到的缘故，整晚周转一直念念不忘那手，她轻轻拨弄琵琶弦的时候，她闲闲地翻着找沙子玩的时候，她定定地托着下巴听的时候，她慢慢地剥了龙眼拈起来送进嘴里的时候。

那手，小巧，白净，指节滑润，灵动活泼，像一只小而柔软的白鸽，让人想紧握，抓牢，贴在滚烫的心口。

司机宏哥看透他的心思，小声地指点道："追女仔关键是拖手仔，拖了手仔，就成功了一半！"

周转无奈地笑着看他。

宏哥凑近来，笑着拽过他的手拍了一下说："我会看手相的呢！你要不要学一点？"

周转醒悟，连声道："要，要。"

老秦很瘦，白脸，长脖子，眼睛微突，梳个髻子，穿着窄腰的粉红色绣花唐装，古典又歇斯底里的气质。

她对周转的来访并不反感，因为他是名牌大学的学生，有礼貌，会说话，而且他是本地人，又带团，满口说旅游文化节可以介绍她们去闸坡，去月亮湾演出，在海滩上弹琵琶，创立一种全新的演出方式，说不定还能灌唱片，就不用老守着景点赚死钱。

她一边吃着周转买来的成箩筐的"双肩玉荷包"荔枝，果肉晶莹甜润，撒落的壳如一地红绡，一边憧憬着海滩演出的盛况，兴起了，索性招呼齐了几个弹琵琶的小姑娘，满满地挤在屋子里，一起吃，一起听。

雪石看到周转，有点羞涩，坐在角落里，手里攥着两颗荔枝，却不吃，只是低了头玩儿。

锦绣却十分兴奋，坐得很近，噼噼啪啪吃个痛快。

老秦感慨地说："我招徒弟，一定要才貌双全，这几个女孩，都是从小跟着我，我辛苦教她们，也打，就是盼她们有出息！"

老秦逐一评点弟子："丽音是最懂事的，小可最勤奋，锦绣不怯场，阿芫能吃苦。那个挨打最多的，雪石，最标致，也最有天分，就是脾气硬，不通气，像块臭石头！"

大家笑了，雪石眼珠晶莹一转，也抿嘴笑了。

"我是希望她们有出息啊！要是真能有演出的机会，就好啦！"老秦叹道。

周转接道："我觉得有，秦老师您调教得好，这几个妹妹都有明星相，将来肯定有出息！"

锦绣快嘴道："哟，你还会看相！"

周转笑："看相一般，手相倒是会一点。"

马上有很多手伸了过来，老秦还连连说："先给我看看，先给我看看！"

女人就是这样，天生对一切命运的预言狂热迷信，对自己未来的路程总希望未卜先知，无论她是十五岁，还是五十岁。

算命先生的一个秘诀是，要学会说似是而非、模棱两可的话，周转本来口才就好，懵懵懂懂，半真半假，竟被她们说准。

他暗自出了汗，好不容易看完了这么多手，抬头，最后一个，雪石。

她站在他面前，右手还攥着那两颗荔枝，眼神犹豫又期待。

他亲切地："你信不信我啊？"

姊妹们在旁聒噪："他看得准，给他看看，给他看看！"

她的小手迟疑着落在他的掌心，轻轻地，微凉。他有点抖，这一刻竟然有点落泪的冲动，雪石，雪石，你可知为了等这一刻，苦了我多少心思。

他先佯装捏她的掌心，细腻单薄，抬头笑她："你的脾气是挺硬的，连手掌都很有原则。"

雪石赧然。

"再看看你的掌纹——"周转愉快地低下头，用手指寻觅她的纹路，"啊？"他不自禁地轻唤一声。

她的手心干干净净，没有一丝杂纹细线，只有一条深红的纹路横贯手掌，像一条小河和它的两岸。

断掌。

周转暗叫，这是极为罕见的掌纹，生命线、感情线、事业线合而为一，"男人断掌掌朝纲，女人断掌守空房"，宏哥说这是女人最凶险的手相，克夫，败家，薄命。

虽然不当真，但他还是有点震动。

雪石不安地等待着，问："我的命不好，是吗？"

"没有，没有。"周转忙笑起来，佯装继续研究，其实是想把那手握得再久一点。

"我的手相不好，人家都这么说。"雪石看了他一眼，还抱着一半希望地。

"那是旧社会的观念，因为断掌的人比较有个性，能干，以前的人生怕太有能力的女人管不住，所以才说不好。"周转安慰她，"我反而觉得你的手相最有出息呢！"

雪石又惊又喜，举起自己的手掌在灯下端详着，笑了。

老秦一边插话道："别的不说，我可真是快管不住她了。"

周转只满心地看着雪石，手上犹存她的微凉轻滑。

锦绣悄悄地撇嘴笑了。

4

难得有一天不用带团，周转跑去看雪石。

她还在宋城的景点弹琵琶，今天是她和丽音搭伙，两个玉观音般的女孩子端坐在园里，纤指拨挑，仙乐飘飘。

早上的海风吹着周转的胸膛，吹开雪石额前的黑发，她抬起手掠了掠发鬓，看见脸红红的周转，一笑。

周转胸口一热，冲她喊道："雪石，你来，我带你去玩！"

雪石愕然。

"你来，我带你去南澎岛，我们坐飞艇去，冲浪，看海鸥，好多的海鸥！"周转热切地伸出手。

雪石犹犹豫豫地站起来，眼睛亮晶晶的。

丽音拉住她的衣襟，忙劝道："雪石，你可别疯啊，老秦打死你！"

"最清澈美丽的南海！跟我走，跟我走吧！"周转往前走几步，灼灼的眼神，"我就带你疯一回！"

丽音还在警告，没用了，雪石像个聋子似的，已经放下琵琶，往外跑了。

她只能着急地看着周转拉着雪石的手跑出去，她还穿着戏服，拖拖沓沓地，裙带在风中纷飞。

周转租了一条小艇，带了点干粮和水，雪石不敢回去换衣服，就这么古色古香地，仿佛白衣仙子飞降海上。

飞艇在南海上极速穿行，风很大，起伏的浪是一个个碧绿的小峰，飞艇劈头穿过，白花花的清鲜的海水在身前身侧绽放，溅湿了衣服和脸，风又顷刻吹干了。海鸥在头上一会儿高一会儿低地飞翔，身畔的海水清冽，不时路过悠游的小鱼群，最好奇的是银鱼，总要成群地跃出来看看，水面上一弧炫目的白光。

"我是一个神仙！"雪石纵情地喊着，闭上眼睛，脸上还有未干的水花。

周转深深看她，慢慢地说："我也是一个神仙，和你在一起的时候。"

风浪更大了，雪石的头发衣服纷纷扬扬，但她只是仰头闭着眼，不动，任水珠落在脸上。

周转想去擦她脸上的水，伸了一半的手，顿了顿，还是轻轻地收了回来。

他俩在南澎玩了整整一天。

这是个美丽的荒岛，灯塔、断崖、钨矿、深洞、野菠萝、小海龟，还有那长长的长长的洁白的海岸线，那湛绿湛绿的清澈可鉴的海水。

飞艇在黑暗的海上回行，海面上几点细细的灯火，潮在唱，浪在歌。雪石叹了一口长气，轻轻握握周转的手："我还从来没像今天这么高兴过呢！"

周转任她的手温婉停留，多少的冲动，却不忍也不敢动上一动，而小艇飞快，已见海岸线长长的渔火，私奔的思绪开始减速、着陆，他有点忐忑地想，一会儿，雪石怎么回去？

"我自己上去。"雪石回头对他说。

她的白衣服很脏了，在矿洞里钻的，头发也被风吹得凌乱，只有那张白璧似的脸，在夜晚海风中依然皎洁娟秀。

周转立在原地说："要不我陪你上去解释一下，都是我不好，硬要带你去——"

雪石马上说："是我自己要去的。"

她转了身，急急地往前走，待到大门，忽然回头冲周转笑了笑。

周转的心提着，站在门外仰看三楼，静悄悄的，让他发慌，他不想多留，小跑着走了。

第二天他带团去合山温泉，没精打采的，心里想的全是雪石，又是牵挂又是不安。

回到海陵已经是晚上十点半，他终究按捺不住，悄悄地上去找雪石。

老秦的房间黑着，想是已经睡了。他蹑手蹑脚地走到女孩子的房间门口，正愁怎么唤人，正好门吱的一声开了，出来的是锦绣，正要丢香蕉皮，一见是他，先将一袋子果皮劈头打了过来。周转躲闪不迭："干什么？你干什么啊？"

"你还敢来！你命好，没遇见我手里拿刀，阳江的刀不是削铁如泥吗？"锦绣低声骂道。

周转只好赔笑："改天我送一把给你，雪石呢？睡了？"

"你别找她，你还没害死她！"锦绣动手推他走，手里下着狠劲儿，抓得他疼。

"她怎么了？我看一眼就走好吧？"周转求道。

"她不好，她差点被老秦打死了，你想不到吗？你这没心肝的人，自己躲得远远的，你走，你快走，你别再害她了，走吧，快走吧。"锦绣不容他分说，一味地推他。周转不敢挣扎，怕吵了老秦，只好溜溜地下了楼。

他垂首站在楼下，不甘心地又望了一会儿，才慢慢地往回走，走到海滩上。

突然，背后被一个身体猛地撞了一下，他回头，雪石！

她猛跑着追上来，却无声无息，此刻一只手按着肚子蹲在地上喘息，抬起一双清溜溜的大眼睛，虚弱地笑笑。

周转心头一热，又惊又喜，俯身环住她的头。她没有挣扎，像一个孩子，温软乖顺，就势在沙滩上倒下，软在他怀里。

黑漆漆的海上，一点灯火也没有，只有雪花似的海浪，纷纷飘涌上来，涌上这白净细腻的沙床，这沙床，多长，多大，多平滑，多绵软干净。

周转低头看雪石，她也仰头看他，这么近，微亮里，她的眼睛荧光扑闪，皮肤的浅香轻轻地绕了上来。

唇与唇，气息与气息，自然地相遇缠绕，雪石的初吻，一会儿热情地迎接，一会儿又愣愣地防守，周转只想抱紧她，更紧更紧地爱与接近，让沙紧成粉，让雪紧成水。

"老秦会打死我的，不行啊不行。"

海浪咻咻地喘着爬上来，无人作答。

"你会爱我一辈子吗？你会吗？"

涛声在耳边呜呜翻涌，无暇作答。

"我会爱你一辈子的，大海做证！"周转细心地为雪石拂去发边的沙，又轻轻地给她系上一颗扣子，亲了亲她。

雪石怔怔地望着他："一辈子，顶老顶老的时候也在一起的，无论发生什么事情也是在一起的，是不是？"

周转笑了："是，是，行了吗？"

雪石又急急地说："我就一辈子跟着你，你总对我这么好是吗？"

周转握住她凉凉的手："是，当然是。"

雪石伸出小手指："我们要拉钩才算数的。"

周转暗笑她孩子气，但还是伸出尾指和她钩了几下。

雪石终于笑了，又不禁轻皱了一下眉。

周转这才得空问："老秦打你疼不疼？对不起……"

雪石转过头去，低低地说："不疼。"

层层奔涌的海浪在脚下，她喃喃地说："大海做证……"回头莞尔一笑，风把她的发丝牵在脸上，那天真里却有点凄然。

5

是老秦先找周转的，周转见她仰着脖子走进来，知道这场交锋是必须面对的。

"如果你能好好对她，我就没有什么话了。"老秦深深地盯他。

他逼不过这强悍的目光，眼睛转向一边："我是真心喜欢她的。"

老秦松口气："我知道你是个有出息的人。雪石很苦，父母很早就离婚，母亲嫌她命硬，改嫁去上海也不肯带她，她读书也不灵，就只有弹弹琵琶……"

周转也是第一次知道这些，他深有感触地说："我会好好对她。"

老秦不放心地又瞪着他说道："还有，她还小呢，才十七岁，你不能伤害她……"

周转想起前天晚上的事，心里有点虚，但还是笑着保证："我疼她还来不及。"

老秦叹道："那孩子是个死心眼，她认定你了，我不能不放手，只是天下的男人……靠运气吧。"

临走前老秦又说："如果你们真的要好，就把她留下吧。"

周转有点意外，这么严重啊，好像要谈及终身大事似的，只是随意笑笑，点点头。

狂潮似的热恋就此一发而不可收。

因为老秦的默认，雪石越发不顾一切，她连景点也不去了，每日里只是跟着周转。他持着小旗解说，她就帮他抱着包；他陪游客下海戏水，她就帮他看管衣服鞋子，还把自己踩满了沙的小脚，伸进他的大鞋子里；他站在车厢里说说唱唱，她就弯了眉眼地笑着看他，唇边那融融的笑意，像流了蜜糖。

锦绣说，她认识雪石十年，她的笑也比不上这半个月多。

周转回眸深情地望她，她也仰着下巴看他，这样相爱的一对璧人，此刻，任谁都相信天长地久。

然而周转总觉得，雪石，不知是太小，还是太脱俗的缘故，他不知怎样带她进入这个热腾腾的凡俗世界。

团里的游客换上泳衣下水，丰满的妇人弯腰拾贝，她在一旁说："她的肚子好像一个救生圈啊。"这么直率的话，虽不是恶意讥笑，却也不懂得放低声音。

周转要她注意说话，她老实接受，却从此一天不作声，旁人讲笑话逗她，她也不懂得随便笑笑敷衍一下。

八月初的一天，周转接到教授的电话，系里几个老师要来海陵消暑。

这是个好机会，周转马上想到，明年考研的导师杜教授，就在此行人中。

他带雪石去银行取钱，咬咬牙，取完三千块。

雪石不解："你不是说这钱是用来交学费的吗？"

周转叹气："但是有的钱不能不花啊。"

有的钱不能不花，最起码的，要以地主之谊的名义，请恩师们吃一顿海鲜。

美食当前，酒酣脸热，昔日讲台上一脸威严的师表们也活泼起来。

杜教授眯眼看着雪石，赞道："周转的女朋友，真是雪做肌肤芙蓉貌啊！"

辅导员李老师接道："弹琵琶的，气质也古典。"

雪石只是置若罔闻地听着，周转用肘碰她，她才匆匆笑了一下。

杜教授很有兴致："弹琵琶的？难怪这手这么……怎么说啊，十指纤纤，软若柔荑。"

雪石低头不语，只管剥了一只大红虾，把雪白的肉放进周转碗里。

周转于是说："你也给杜教授剥一只，他可是德高望重的大学者呢！"

其他老师不干了，纷纷逗她："我们也要，我们也要！"

李老师还转着眼珠说："你的手香，剥的虾也特别好吃！"

雪石沉着脸不动。

周转桌下用腿频频暗示，她才慢慢地抓过一只大虾，一点一点地剥干净，杜教授的嘴张得老大，碗就要递过来装——

不料雪石，自己拎了虾须，仰头放进自个儿嘴里大嚼起来。

满座哗然，杜教授的笑容还干干地挂着，周转只好打圆场，自己急急动手剥给他。

一顿饭往下就没什么意思了，老师们又恢复了课堂上的矜持和高贵，连吃也是蜻蜓点水似的有姿态。

直到去逛土特产商场的时候，杜教授才又焕发出精神，他看中一套十八子的礼品刀具，三国人物的造型，惟妙惟肖。

周转趋近去看价格，嚯，要五百八十块。

果然杜教授也嫌太贵，又放下了。周转在他身后站了半天，还是咬了咬牙。

老师们要回去了，周转和雪石去送。这套刀具，周转悄悄地在转角塞给了杜教授，推来推去的，出来的时候，刀具已经在杜的行李箱里，两人谈笑风生地依依话别。

雪石冷眼看着，不作声。

周转要去买些水果给他们车上消闲，暗地里叮嘱雪石和老师们说说话，别太高傲。

当他买了龙眼回来的时候，却只见雪石一人怀抱着那套刀具在检票口站着。

"他们上车了。"雪石开心地说，"总算是走了。"

周转沉着脸："这刀具不是送给杜教授的吗？"

雪石道："他自己突然又不要了。"

"为什么？"

"我没向他要，是他自己说不要了。"

"你和他说什么了？"

"我没说什么，我只是说你暑假打工很辛苦，赚的钱是交学费的，他们来一趟，你连交学费的钱都没有了。"雪石老实地说，还有点得意，"于是他就说不要那套刀具了，看来这个杜教授心地还很好呢！"

周转跺跺脚，又骂不出来，只是掉头便走。

雪石愣在那里，始终不懂自己做错了什么。

　　暑假快要结束了，周转的兼职也期满，他要回趟家，本来没想着带雪石，但她很是自觉，早上收拾了个小包，乖乖地跟在周转后头。

　　周转无奈："你就不用去宋城弹琵琶了吗？"

　　雪石道："我要一辈子跟着你，自然是你去哪里，我就去哪里。"

　　周转的家在东城，开着一间药铺，父亲母亲哥哥嫂子都靠这个吃饭，刚好吃饱，所以周转要靠自己吃饭。

　　雪石的美丽让周转的虚荣心大大满足了一回，晚上吃饭的时候，门外还有人借买药为名进来看看美人。

　　雪石没有什么反应，只是安坐着。她不懂粤语，无法和周妈妈交流，只是和周转说话。周转去哪里，她就自然地跟着去哪里，旁人她都不放在心上。

　　这一切落在周转嫂子眼里，她撇着嘴在周妈妈耳边嘀咕了好一阵子。

　　周妈妈讪讪地不响。

　　晚上，周转四岁的侄子贝贝和周爸爸散步回来，高举着一只冰淇淋蹦蹦跳跳进门。

　　嫂子为了表现良好家教，小孩不能自私，命令贝贝把冰淇淋先给大家咬一口。

　　小家伙知道这是例行表演，只要依次在众人面前虚晃一招，大家也合作地做个飞禽大咬招式，然后就可博得赞美。

　　所以他很放心地把冰淇淋举到美丽的雪石面前，雀跃着催促："你吃啊！你吃啊！"

　　雪石见他认真，感动于他的热情，竟真的咬了一小口。

这下可捅了马蜂窝。

家教良好的小家伙马上丢了冰淇淋满地打滚痛哭，哭得上不来气，还怨恨地指着雪石尖叫："她真吃了！她真吃了！"

一家老小忙着抚慰幼小的受伤的心灵。雪石一口冰含在嘴里，又冷又黏。她惊恐无措地望向周转，周转阴着脸，也不理她，径自走出门去。

6

送雪石回到宋城，周转连续几晚失眠。

她是仙子，他是凡夫；她脱俗，他平庸；她合该生活在真空里，被供奉着，他只能奔波在名利中，自顾不暇。

现在他有什么资格和她在一起呢？

离家前问母亲要钱，母亲沉着脸说："一个这样的妹仔，又没有文凭，又没有出身，担不能担，抬不能抬，靓要来摆景吗？你以为你是少爷仔，吃饱了得闲，玩玩恋爱过日子？家里没能力安置她，你自己有多大本领办多大的事，好好思量着过吧！"

想到离开她，他的心是剧痛的，但是他现在急于这么做。暑假即将结束，美丽的十里银滩，美丽的雪石，美丽的海，都是童话，像一场美丽的白日梦。马上，他就要投身到钢筋水泥的丛林，去搏杀，去竞争——没有童话，不能有负累。

下了这样的决心，虽然困难重重，但他轻松了很多。

老秦也在准备行装回苏州。锦绣见雪石悠闲里又透着心事，问她："你果真不和我们走？"

雪石肯定地说："我和周转说好了一辈子在一起，又怎能分开？"

"那你打算在这里干什么呢？"

雪石又发愁了："不知道啊，我只好跟着他。"

"他也要念书呢，又怎么能时刻带着你，我看你还是学点打字什么的找份工作是正经。"锦绣建议。

"这很好啊！我也可以赚钱帮他交学费嘛！"雪石拍手道，"我等一下就打电话告诉他！"

话音刚落，小可拿了封信上来："雪石，你的信！"

雪石溜上一眼，先着了："周转呢，他给我写情书呢，他还从来没给我写过情书呢！"

寄出了信，把难说的话都写在上面，周转像完成了一件大事。

然后接连几天，他关机，躲到东平渔港的同学家里钓鱼。

对不起，雪石，你年轻，又那么美，理应有更好的选择，时间会帮你忘了我，忘了一切的。他在东平的海边默默地想，心里也阵阵地难受。

周转在四天后的夜里回家，黑暗里乍见一个白色的影子在大门旁边蹲着。

他吓了一跳，原来是雪石。

她热切地扑了过来，伏在他胸口。周转感到胸前又热又湿，她哭了，却一点声音也没有。

"我做错了什么？你不要我了？你怎么不要我了？

"我等了你四天，从早上到晚上。你妈妈好像不认识我了，他们说你上广州了，我多怕啊，我怕死了！"

周转心慌意乱，又怕别人听见，只能生生推开她，小声说："雪石，你清醒些，清醒些，我必须离开你，这是为你好，你那么美，那么好，我没有条件让你享福，你该找个更好的人，有事业有钱又爱你……"

"我谁都不要，我只爱你！全世界我只看见你一个，我爱你，我喜欢你，我跟着你，一辈子，咱们不是说好了，拉了钩的，大海做证！你忘了吗？你怎么能忘了？"

"雪石雪石，你清醒些，我配不上你，你不适合我，在一起以后不会幸福。"

"我知道我不好，你生我的气，我改，行不行？你要我干什么，我都干，行不行？"

"雪石，你的性格不是我要的那种。"

"我改好吗？以后你让我剥虾就剥虾，让我笑就笑，让我讨好就讨好，行不行？"

"唉！不是这个问题，你知道吗？我不能继续爱你……"

"可是你说过的，一辈子爱我，大海做证的，我们都已经那样了，你怎么……"女孩子说不下去了，她的脸浸在眼泪里，水汪汪的。

周转又烦又乱，他看见楼上不知哪个窗户亮了灯，不想纠缠下去，于是软了声调："好啦，好啦，多晚了，我累了，你也累了吧，我带你去吃点东西，找个旅馆住一晚，明天再说吧。"说完又不禁给她擦擦眼泪。

雪石终于破涕为笑。

吃夜粥的时候，雪石狼吞虎咽，她也许几天都没有吃什么东西了，周转心里一阵辛酸。

"周转，我没和老秦走，她们不放心我，我说你在家里等我。"

他俩走在深夜的大街上，雪石小心地钩住周转的手，低低地又说了一句："周转，我爸妈不要我，我最亲的人只有你了。"舒了口气，软软地靠在他身上。

周转觉得重，真重，他只想逃，快快地，远远地。

早上七点的车，周转匆匆忙忙带着行李上车。

车开了，他松口气，望向窗外，却猛然看见雪石，凌乱着头发，在来往的人潮中，又是着急又是可怜地张望寻找，有人故意去冲撞她，她不懂得保护自己，被撞了几个趔趄，又慌忙扶着墙站稳。

车越开越快，周转忍住不看，不想，把一切都丢在背后。

回到学校，一切就好像是汽车驶过的声浪，远得像是一个梦。

这天午后，几个师妹上来打拖拉机，其中有一个叫吴豫的，听说老爸是省宣传部的副处，喜欢笑，咯咯咯，像个小母鸡。

周转存了心思，说要给她们看手相，看看她们的桃花运。

宿舍里的哥们儿笑他："什么时候学会了这招，是不是专门骗女孩的手捏来捏去的？"

女孩子们就谁也不肯给他看了，而周转的心，被梗了梗似的，好一阵子安定不下来。

这时传达室说周转有人找。

周转下来，倒吸一口冷气，雪石还是找来了。

她如此消瘦，弱小，眼睛太大，脸太尖小，但无损于她惊人的美，尤其是，亭亭立在树下，微风过处，带露的小小的百合。

"雪石！"周转叫了一声。

那孩子竟然勉勉强强地笑了笑，虽然眼泪在眼眶里已经撑不住了。

"我——上午到的，在你们学校的招待所住。"她小小声地说，"我来看看你，好想你了……"

周转的心软了，这时楼上的师妹们下来了，叽叽咕咕地神秘笑着经过，吴豫笑得最响，她的笑令周转刚刚软下来的心烦躁起来。

他没好气地说："你还来找我干什么，不是已经说得够清楚了吗？"

雪石汪着眼泪看他："周转，我把脾气改好行吗？我想跟着你……"

"你别跟着我，跟着我运气坏透了！"周转不耐烦了，突然心念一动，恶毒地说，"你改什么都没有用，因为你是断掌，生下来就没有生命线、事业线、感情线，女人断掌守空房，克夫又败家，这是命，命是改不了的！"

他一口气说完，抬头看看雪石，有点后悔。

那孩子的脸煞白煞白，也不哭，也不响，仰着头，硬生生地背了身子就走，周转叫她，不回头，坚决不回头的样子，越走越快，快得周转跟不上，只好叹着气停下来。

对不起，雪石，不这样，你不会死心，周转心里说，他这一天一夜过得不好，惴惴然地担惊受怕。

次日他逃了课去招待所找雪石，一问，服务员说昨晚有个很美的女孩子用刀割手，送进附属医院了，流了很多血。

那么刚烈的性子，雪石，你又怎么可以这么傻呢？

周转心急火燎地奔去附属医院，一间间地去问，护士说是有这样一个病人，但是今天一早自己走了，伤口还很严重呢！

这是他知道的关于雪石的最后的消息了。

7

他后悔，也恨，还担心，还怕，雪石，你还在吗？还好吗？是不是爱极恨极痛极怨极绝望极，然后又怎样呢？他不敢想，却时刻不能安宁，虽然，十年已经过去了。

十年已经过去了，研究生毕业，在政府部门混个小职务，周转也就是这样了。

有年夏天，女子十二乐坊走红，大幅的宣传海报铺满了整个城市，有一张，真的，十二个女子真的在海滩上演奏，蓝色的海，红色的衣，有个弹琵琶的，竟有些像锦绣，很美。——可是，没有一个人比得上雪石美，雪石，又在何方呢？

八月里周转回了趟海陵，也顺便去了南澎岛。

南澎不再是当年的荒岛，每隔十分钟，就有一班渡轮对开，岛上有亚洲最大的海上乐园，听人说，新加坡商人投资兴建的情人碧波度假村，也在热火朝天地破土。

海没变，涛声没变，周转登上高高的灯塔，太阳不是很晒，但他不睁开眼睛。

然而年华已变，心境已变，人已变。

脚下有几个男女，说笑着爬上来，他们的汉语不是很纯正，看样子像是侨胞，几个人兴致不错地对岛上的地势指手画脚。

周转低着头想离开，和那些人擦肩的时候，不知为何他抬起头看了一眼。

正好碰上一双清凌凌的大眼睛正在看他，他有点晕，不是因为这酷暑的日头，是这眼睛，这眼睛是——

"周转。"那女人唤他。

只是轻轻一声，却如石破天惊。

是雪石吗？又分明不像，他定在那里，身上一阵冷一阵热。

她的短发轻俏干练，挑染成时尚的浅红色，身上是黑色的休闲装，右腕上一串碧绿的玉珠，衬得手臂越发莹白圆润。

周转只期期艾艾，说不出话。

一个男子马上说："俞总，你们聊，我们去那边看看。"

雪石笑笑，淡定从容："我的老朋友周转，十年前还是他第一次带我来这儿的呢！"

谈话没有想象中的艰难。

他不认识她了，这是另一个人，娴雅，自信，圆熟，迷人。

好像昨天才话别的老友偶然撞见，随意地拉起家常细务，好几次周转怀疑自己是不是记错往事认错了人。

雪石很健谈，她现居新加坡，这次回来是因为公司在南澎投资兴建度假村。

她是去年才升职副总的，因为对国内情况比较熟悉，这个项目亲自跟。

雪石的电话在响："我儿子，才学说话，他很黏人。"她笑笑，背转身，声音温柔地低低说着。

海风很大，吹得两人衣带纷飞，周转想起当年，雪石的长裙飘飘。

这很好，她现在很好，这样的结局很好，十年的抱愧不安，他可以放心，释然了。

他看到雪石含笑挂了电话，抬起右手捋着头发，不禁前进了一步关切地说："这么美的玉珠，能遮住伤痕吧。"

雪石不解："什么，我这里没有伤痕啊？"她把珠子褪下，抬起手腕。

"当年你不是为我割腕自杀，这么多年我好担心好后悔。只是你怎么可以这么傻？"

雪石怔了怔，明白过来，却忍不住仰头笑了半天："没有，没有，我没有为你自杀——"

她停住笑，目光清炯地望着周转，慢慢地张开自己的右手：

"伤痕在这里，但这不是伤痕，是我改变的命运——"

那小巧白净的手掌，那深红的断掌纹外，是上下两条突起的刀痕，粗、重、深、红，像隆起的两纵山脉，蜿蜒前行，各自展开。

那里刻着最惊心动魄的生命和爱情。

≈

阿 芒

1

冬夜，这样深而冷。

海星的理想，是一床又厚又软的羊毛毯，很大很宽，能把人囫囵地卷几层的那种，在里面只是死睡，睡上一个冬天。

但不行，最多想想。

窗前一盏小白灯，案上几尺的资料，下周就要交硕士学位论文的开题报告，他这一晚只开了头，灵感就陷在烂泥里了，无处可诉，他便骂起这间小屋，上周就是为了静心做论文，才在西门边的民居里租了它，贪它在三楼，清静，楼下有按时上锁的大铁门，安全，贪它有个长长的公用的阳台，阳台边上，正挨着一棵芒果树细长婆娑的叶子，也算得了风景。

但现在，他骂那些叶子和风声，让他乱了头绪："吵死了！"

仿佛有了回应似的，又一阵风吹响满树的叶子，而风声中，竟听得有谁在叩着窗玻璃，脆生生的，又空洞洞的。

他起了个寒栗，灯耀人眼，望出去只是黑黑的，然而玻璃叩响不断，且越来越急。

海星壮了胆子，回身抓了哑铃，猛地拉开门顶天立地地站出去："谁？"

"呵——"他听到一个女子纳罕的叫声。

是个女孩，身量娇小，披着雪白的羽绒服，几绺黑发盖住前额，但盖不住一双莹闪的眼睛，想是冷，她哆哆嗦嗦地在那儿蹦来蹦去，却咯咯地笑起来："你半夜三更还练哑铃啊！"

海星有点尴尬，但还是不客气地还嘴道："你不是半夜三更还练跳远吗？"

女孩仰着头开怀地笑了，好像夜空忽然盛开的焰火。海星下意识地看看她背后的天，满天的寒星，无比清澈，无比晶莹。

"去不去吃雪糕？我请你——"她兴致勃勃地建议。

海星怀疑自己听错："什么，吃雪糕，为什么？"

"不为什么，就是想吃，想得发疯，想马上、立即、刻不容缓地飞到7-11，拉开雪柜，捧起一个雪糕就吃——"

海星冷笑着摇头："姑娘你听着，第一，今晚的温度是四摄氏度，入冬以来气温最低；第二，现在是凌晨一点十五分，所有的良家妇女都不在街上逛了；第三，一楼的大门锁了，保安会以为爬门的是贼；第四，我是谁你知道吗？不知道，你是谁我也不知道，我们不认识，请你打哪儿来回哪儿去吧，我还要写论文。"

女孩眼睛不眨地听他说，冷不丁地说道："我知道你啊，你是经管98硕的连海星，房东是我姑妈，我就住你隔壁。"

她一点也没被扫了兴致，也不介意海星的不客气："你喜欢吃芒果吗？"

海星不耐烦："不喜欢。"

"那你就记住我的名字，阿芒，是你不喜欢吃的芒果的那个芒……呵呵。"

她的天真让人不忍，海星缓和了语气："好姑娘，快回去睡觉吧，当心冻着。"

那女孩，阿芒，两手扯着外套的领子，一边倒退着往回蹦，一绺头发在前额上闪来闪去，她俏皮又狡黠地说："你真的不去吃雪糕？不领情就算了！你的那些道理，我也如数奉还，天冷，留着给你暖暖肠子！"

海星猛地打了个喷嚏，他还不得嘴，匆匆跑进屋里，滚上床把被子全蒙在身上，算了，什么论文，明天再说吧。

关了灯，他在黑暗里给自己理由，新环境需要适应才能进入状态，天太冷，风太猛，叶子太吵，还有那个阿芒，奇怪的女孩，来骚扰。

明天再写，他舒舒服服地睡了。

2

海星去图书馆，匆匆穿过窄窄的街，两边是五光十色的小店，忽然有人叫了他一声。

阿芒坐在一间药店里，笑眯眯地向他招手。

"连海星，我一定要告诉你，大冷天吃雪糕的滋味，真的是冰天冻地，绝对新鲜！"

海星挑起嘴角："你还是去了，而且竟然活着回来了。"

阿芒慢悠悠地点着下巴，眼里尽是得意。

"那你现在坐在药店干什么？"海星突然问。

柜台里的药剂师这时叫她："这是你的药，记得退烧药每隔六小时吃一次，一共三十六块。"

"好贵的雪糕！"海星笑道。

阿芒也笑了："你以为快乐不要代价啊，对，这叫自作自受，但是本姑娘乐意，无怨无悔！"

她的声音带着粗重的鼻息，但是听起来却分外娇憨，低烧使她的两颊微红，眼睛却依旧光闪闪。

是一个好看的女孩，但是你看，这样任性，海星在心里摇摇头。

阿芒的姑姑也这样说她："那孩子，不懂事，又任性，也是年纪小，才上大三，还没到十九周岁呢，她父母千叮万嘱地要我管教，我哪有那水平，你是研究生，懂得多，平时帮我多念叨两句，要是她肯听你的，我房租都不要你的！"

海星礼貌地敷衍着，也没往心里去。

倒是那阿芒，常常过来坐，也不客气，更不矜持，趿着胖乎乎的粉红色棉拖鞋，手上抓着个咬了一半的苹果，推门就笑着闯进来，喜欢床上暖和，常常盘了腿坐上去，拉开被子围了半身，还孩子气地堆出各种造型。

"你不用管我，我自己会像在家一样。"她笑眯眯地说，有时候听音乐，有时候看漫画，有时候显然是不经心地说："连海星，给我倒杯水，有什么吃的没有？怎么到你这儿我就饿了，什么都行，对了，我上次看到你吃杯面，给我来一个——顺便。"

海星是想使一些眼色，或者摆一些脸色什么的，可是阿芒坦荡荡的样子，弄得他好像小家子气起来，他也想跟她讲讲做女孩的道理，可是她的耳朵塞着音乐，道理的棱角在旋律的圆融里，显得多么可笑。

"我要写论文，我需要一个绝对安静的环境。"海星说。

"绝对安静？天哪！就算我能屏住呼吸，你自己也要喘气吧。"阿芒无心地说。

"其实我想说，你在这里，我无法动笔。"

"我每次不到九点就走了，这个时间你根本就没写论文，你打游戏。"

海星哑口无言。

"要是你喜欢这个房间，我们换一下好了。"

"我才不喜欢你的房间，我只是喜欢一点人气。"

"喜欢人气你干吗不住到女生宿舍去？"

"我住过——"阿芒好像叹了口气，"但是，你知道吗？为了不伤害别人的自由，我只好伤害自己的自由。"

"那我的自由呢？"

"你和我一样，现在不缺自由，我们都需要一点人气。"阿芒看看表，跳下床，抬手拍拍海星的肩，"下面是自由活动时间。"

她伸个懒腰去拉门，忽然回头一笑："我给你暖了被窝，知道吗？在百孝经里，那可是儿子给老子做的事情啊，真是让你赚了便宜！"海星哭笑不得。

3

阿芒总是独来独往。

每次见到她，在图书馆，在自习室，或是饭堂，总是从从容容一个人，往来的女生也跟她打招呼，在人群里她也嘻嘻哈哈，但是一会儿，人散了，三三两两，阑珊处，只有她一个，默默地，却不落寞。

或许这就是她所说的自由，不伤害别人的，也不伤害自己的。

她在清静的小道上走，玩着花样的步子，甚至有时走到花基上面张开双臂，颤巍巍地，像走钢丝。海星早就看见她，冷不防走近喝一声："你几岁？"

她惊了一下，差点儿掉下来，仰着下巴骂："你管得着吗？"

海星因势利导，语重心长，什么一个年纪做一个年纪的事情，大学三年级是命运的转折点，考研，出国，找工作，找份什么工作，还是嫁人，嫁个什么样的人，都要企划、筹备、未雨绸缪等。

阿芒笑眯眯地听："连海星，我真佩服你，你头脑冷静，思维敏锐，目光远大，逻辑严谨！"

海星笑纳。

"可是怪咧，你的论文怎么就写不出来呢？"阿芒坏笑。

她就这样气他，又让人发不了脾气。

尽管刁钻，却不失可爱，慢慢地，海星就习惯了这个人，每天晚饭后，阿芒趿着拖鞋推门笑着进来，自觉地盘腿坐上床，屋子里就有了愉快的空气。

阿芒想到什么说什么，说教授又让他们买有价格没价值的书，指定的书店不知给了他多少回扣，她不买，老实说没钱，教授很不高兴，估计要补考，补考就补考，补考也不买，就是不想买。

阿芒说系团委选她做宣传委员，开始挺美的，因为书记很帅，像王力宏，可是天天开会，枯燥死了，简直是在凌迟她的青春和美貌（说到这里海星插了一句：关于后者，你有吗？），说不干她就不干了，就是王力宏做书记她也不干，就是不想干了。

阿芒说每当夏天来的时候她就想把头发剃光，她深信自己的头型一定优美异常，在下雨的晨曦里光着脚丫出门，水洼在半晴半雨中幻化出一小挂彩虹，她的两只光脚在上面踢踏起红绿黄紫的水花儿。

阿芒说最想去草原看看，无边的草地上水泡似的蒙古包，英武的哈萨克族人骑着洁白的骏马奔驰而来，他们请她吃烤全羊，天苍苍野茫茫，随便坐下，不洗手，大咧咧地扯下一只吱吱冒油的羊腿，牙齿如小狼般狠狠地撕扯，大块吃肉，大碗喝酒！

说到这里她果然停下来，巴巴地望一眼海星，海星忙冷着脸说："别看我，我的杯面早被你吃完了。"

4

海星的论文慢慢地有了骨骼，不忙的时候，某个间隙，他会想，也许这样下去，孤男寡女共处一室，总要浪漫出一点东西来。他看着阿芒喝过的杯子，里面剩下的水已经凉了，她坐过的床单，有一些旖旎的褶皱，摸上去还是暖的，老实说她不是他要的类型。海星微微地皱眉，想起她，先想起她的种种不恰当，但是，如果实在要来，也只好顺其自然。

他心情委实不错，自以为被人爱慕的感觉。

可是这晚阿芒却说："今天早晨相亲去了……"

海星回头看她："你——相亲？"

"是啊！从来没有相过亲，想看看是什么场面。"她像说一件趣闻似的。

"相亲能有什么场面，相亲的都是自己没本事追寻爱情只好寄希望于拉皮条的！"海星有点儿激愤。

阿芒抬抬眉毛，眼里是顽皮和天真："你不知道相亲的好玩，一个你完全不认识的人，抱着有点儿暧昧的私心见面，说话，散步，每个'下一步'，又小心，又新奇，像做化学实验，不知道这两个元素会不会反应，什么时候反应。"

她笑了："多有意思。"

不够一周阿芒就带着她的"元素"来了。

这男人不像没有本事追寻爱情只好寄希望于拉皮条的，他穿着银灰色的羊毛衣，脸上的笑容温文得很，在晴朗的天空下，就像一棵工整的树。

而且，名片是知名电脑公司亚洲研究院的工程师，真是个有品质的元素。

海星不能不服气。

"元素"看来对阿芒是倾心的。他在旁边看她说笑，看她手上闲不了地把柑子皮掰得细碎，一粒一粒金灿灿地打在地上。他的目光放得又长又久又绵软，以至于有时候轮到他说话，常常来不及扯回来，就带着点愧怍和不知所措，更看出那理科生的纯朴。

阿芒却是心不在焉的，眼神有点儿缥缈。

海星私下里对阿芒说："如果不是太挑剔，这样的男人，用来嫁还是不错的。"

阿芒驳得快："女人生来不是只为了嫁的！"

她有了男朋友，一表人才的男朋友，照理是不寂寞的，也应该避嫌，然而阿芒还是常来。天渐渐暖了，她嫌床上的被子热，往往把铺盖一股脑地卷上去，只坐清凉的床板，走的时候，也不帮人恢复原样，却还要说："这样卷起铺盖好，有助于你这个懒鬼专心熬夜写论文，不会看到枕头就想睡觉。"

四月底的一天，阿芒对海星说："五一节我要走出去，很远很远的地方。"

"和元素？"

"就是为了不和他一起去。"

"打架了？"

"就是连架都打不起来。"阿芒发着愣，"我们之间的这种反应到底是不是反应，我也不知道。"

"你想怎么办？"

"看我会不会想他，所以找个很远很远的地方。"

毕竟还是为了他，有一点点的酸，在海星喉底闪了一下就过去了。

5

五一长假海星是应节的，劳动，他一直在为论文而劳动。

阿芒去了哪儿，他不知道，房东姑妈也不知道，也没什么好担心的，那女孩，想东西总跟常人不一样。

可是元素不，他慌得很，阿芒手机整日没有信号，他一点线索也没有，只得寻到这里来，忧心忡忡地摸摸阿芒锁着的门，徒劳地张望一下窗子，高大的男人好像一下子缩水了很多。

海星出来伸懒腰，跟他点点头，

"也不知会不会出什么事儿，一个女孩子出去跑，坏人那么多……"他看着海星，又像说给自己。

"既然你喜欢这样的女孩，就得有足够的思想准备，就得学会放心，要不怎么熬到七老八十啊？"海星笑。

也不知元素听没听进去，他的脸上很悲伤，好像预感到这女孩是自己无力掌控的，即使爬上世界最高的峰顶，踮起脚尖伸长手臂也抓不住的，头顶的那朵云。

他的感觉是对的。

而此刻阿芒，极目是草原的莽莽苍苍，她刚刚学会骑马，就大着胆子向牧民租了一匹小枣红马，渐渐地磨熟了，一溜烟地奔跑开去。风很大，天边是镶着阳光金边的黑云，趁她不注意的时候，一朵朵地压过来。

无边的旷野，仿佛一下子暗了，一道长而弯曲的闪电雪白地撕裂半空。

她这才惊慌地找路，但在乌云遮住太阳的草原，方向又在哪里。

一个极响的霹雳，炸惊了枣红马，马嘶叫着疾速狂奔，哪管背上还有个人。

此后，每当阿芒说到这里，就亮出两只手掌，缰绳的勒伤，暗红色，好像新增的两道掌纹。

"那是临死前的感觉，知道吗，我以为自己就要断气了。"

海星手里忙着，一边听她说，偶尔回眼瞅瞅她，只是出去跑了几天，就黑了瘦了，但是不难看，有一种很生动的精神让她整个人都亮晶晶的。

"这是最关键的时刻，你的耳朵在吃东西吗？"阿芒有点儿不满他的不好奇。

"可你还是活着回来了。"海星头也不抬，把纸翻得哗哗响。

"他骑着白马来，无声无影地，在我被惊马摔碎前，轻轻地接住了我……"阿芒的脸色很温柔，从来没见过她这么温柔，温柔得让人心都散了形状，海星沉默地看她，忘了手里的纸。

6

阿芒爱上了一个哈萨克族牧民。

没有那么简单，那个男人已经三十五岁了，丧妻，有两个孩子，在巴里坤草原上有数百的羊和马，除了骑马放牧，不知读过小学没有。她了解过他们的婚俗吗？他们一般不和外族通婚，通婚要信教，那是一种什么生活，是她想象不到的，离都市人很远的一种生活。草原上有狼，有风暴，还有大蚊子。

这是个玩笑，只是她兴致来了，头脑发热，就像她以前干的：台风天出去淋雨，竟然解下衬衣围在腰上就把湿裤子脱了；心血来潮戴个假发去上课，教授点名的时候还以为有人冒名顶替。她闹着玩，别人不能跟着当真，她需要道理，需要引导，需要理智和秩序。

元素一套一套地说，海星看看他，这个男人有点儿气急败坏，他的气馁和无奈足有四个XL（Extra Large的缩写，特大号）大，是中码的风度和理性罩不住的。

海星表示愿意加入说教团，元素走了，一言不发，只留下背影。

海星摇摇头，对着电脑的姿势太持久，很累。他叹口气，心里明白，那女孩决定干的事情，这世界是没有人拦得住的。

他还是决定试试。

他听到她上楼的声音，走出来喊："有好吃的——"

阿芒就一路跳着来了："什么好吃的？"眼睛亮亮地等着，真像个孩子。

海星丢给她一包乌梅，她心满意足地坐下来马上就窸窸窣窣地拆开。

"爱上一个骑马的？"

"嗝！"她笑着叫了一声。

"想怎么样？"

"一起呗，谁不想和喜欢的人在一起？"

"想过怎么在一起吗？"

"当然是我去他那儿，毕业了就去，就是还得等上一年。"

"阿芒，我统计了一下，一共有十一个理由，你不该去的理由，要不要听一听？"

"你省省吧，你的理由我几时听进去过，省着写论文吧。"

"那好，我要你的理由，爱上他的理由。"

阿芒圆睁着眼睛，一颗乌梅把左腮顶出个圆。

"没有理由，如果实在要，我只好说，我爱他，和他在一起的时候，我有反应，那感觉让我什么都不怕，那感觉让我从来没那么快乐！"

海星僵住无话，勉强笑一笑："那，他对你怎么样？"

"他马上要来看我，他说是第一次走出哈密呢！"阿芒吐出乌梅核，笑眯眯的，"他喜欢我呢！"

7

海星看到那个男人。

是傍晚，夕阳的余光透过敞开的门，他进来的时候，屋子里陡然暗了一下，很高大，在这小小的屋子里，几乎是顶天立地。

阿芒从那男人身后闪出来，两臂调皮地环住他的腰，仰着脖子笑眯眯地看他。

海星和他问好寒暄，阿芒回去换衣服，她的父母今晚来，能来的不能来的亲戚也都赶到，看样子是件重大的事。

这个男人的话和表情一样少，也许是汉语不流利，也许是无话可说。他的面容线条坚硬如岩，如刻，沉默的时候，肃静得就像一块有热气的石头。

"你是她的，谁？"坐了一会儿，男人问，一字一字吐钉子似的吐出来。

"我？我是她的——"海星确实迟疑了一下，真的，这个问题还从来没想过，不是同学，也不是亲戚，又不大像朋友。"——邻居，我们是邻居。"

男人点了下头，又回到沉默中。

海星坐不住了，他从桌子上扯过一张八开白纸，折过来折过去，压出一条对角线，毛茸茸地撕了半截。突然，那男人从腰间亮出一把小刀，上来唰地就把纸裁开两半，笔直，锋利，快！

海星在那闪闪的刀锋前，倒吸一口冷气。

"好刀，英吉沙小刀，归你！"男人手腕一扬，小刀从海星鼻尖飞出去，刀尖稳稳地立在桌子上。

"好女人，她，是我的！"男人擂擂胸口，像擂一扇铁门。

海星眨眨刚才瞪得太大的眼睛，暗叫，这样的人，谁在他身边能没有反应啊。

阿芒父母的反应是，不行。

不知道那个男人是什么时候走的。海星一连几天都不见阿芒，只偶尔听到她的房间里传来争吵声，有时很激烈，男人怒斥的声音，那应该是阿芒的父亲，海星见过。他是一个铁路检察院的检察长，即使不睁眼也有种震慑人的气质。

不好去劝解，又无法置身事外，海星只能按捺着等，等到一切悄静起来，阿芒上楼的脚步复又清晰单调起来，他冲出门去，赶在阿芒抬头之前，似不经意地把双臂懒洋洋地展开："嗨，事情不顺利吧。——咦，脸怎么了？"

阿芒摸摸红肿的右颊，"我爸把我打胖了，不听话呗。"

海星急道："再不听话也不能打啊，又不是小孩子。"

阿芒皱皱鼻子，还是笑了："我家大人制裁我呢，怕我私奔，卡上的钱都冻住了。"

"大人的话，有时还是有道理的。"

"我不要听道理，我只要听我的心。"

阿芒不笑，眼里荒凉着。

8

阿芒是七月三日走的，考完最后一科，收拾好行李，安安静静、平平常常地和同学姑妈告别，大家都以为她回家了。

一个星期后她父母亲急匆匆地赶来，阿芒没回家，她身上没多少钱，谅她也走不了多远。

但她还是走了，只给父亲发了一条短信：在新疆，平安，快乐，让我这样吧。

没人知道那个男人的具体地址，当阿芒父母亲发疯似的到处找人问，问到海星的时候，说实在的，他也不知道。

但有些事情，他知道的。

那天晚上，阿芒来，她的哀伤是楚楚的，平日那无心无肺嬉笑淘气的眼睛，换了愣愣的神气，那神气没法让人不心软，没法让人拒绝。

"我想跟你借钱，也不瞒你，只借一张到新疆的票钱，而且不知道什么时候能还。"她低低地说，有点恳切，又有点茫然。

海星叹气："再等等，再想想，等冲动和兴致过去了，再问问自己有那么想去吗，好不好？"

"等，等到我老了，走不动了，牙齿掉了，也没力气爱了？"她戏谑地说，"如果我等不到老的那天，明天就死了呢？"

海星瞪她。

"我干吗要等？我干吗要想？我现在心里脑子里清清楚楚明明白白地就这一件事，我爱他，我想他，我要见他！"

阿芒深深地吸口气："这排山倒海的感觉，你试过吗？说不定一辈子就这一次！就这一刻！我要分秒必争，我不要等！"

海星无言。

"不借没关系，我都猜到你们的心思，怕负责任，怕犯同谋罪，怕我老爸找你们算账。"她眯起眼，似笑非笑地说，"没关系，什么也拦不住我，没钱，我就走着去，就算走很长很长时间，就算走烂了脚板，也要走到他身边！"

她站起来，准备离开。

"三千块够不够？"海星拉开抽屉，"我就这么多。"

这是实话，家里刚汇来的三千块，准备明天交答辩费的。他手头有点紧，这段时间没空兼职，房租也有两个月没交了。

"还有一句道理，看在路费的分儿上，听听。"海星认真地看她，"你，要好好的。"又随即避开她的眼睛，横横地补上一句，"将来要好好地和你那汉子回来，回来还我的钱。"

阿芒抿着嘴笑了。

她走了，屋子一下子就空了，空得让人难受。

推开门，夏虫拉锯似的叫声，又扯得他心疼。

9

能想象到阿芒父亲的光火。

他说再不要管她，就当没生这个女儿，就当没有她！

可是那天海星去办公大楼，却看见他低声下气地求人，给阿芒办休学手续。

他弯着检察长那一贯挺直的背，满脸是笑和无奈，看见海星，眼里忐忑不安，怕他揭破谎言。

海星只点个头就匆匆走了，他却一路追上来，用了轻轻的口吻："我管不了她，但是我能不管吗？"

海星点头，却不敢看他，他怕心里那歉疚。这句何尝不是海星说给自己的，我也管不了她，但是我能不管吗？

　　然后日子就一天一天地过去，天上一日，人间一年，不知道在草原上，时间的长短和质量。阿芒没有消息，她的房间租给了一个学画画的女生，偶尔海星习惯性地张望过去，那女生总以为是在看她，就凭空高贵值钱了半尺，嘴唇抿得更紧，头抬得更高。

　　海星的论文通过了，新工作也签了协议，日子云水不惊，亦淡如云水，该来的都慢慢来着。同学介绍了一个叫珍的女孩，天生就是贤妻良母的那种，他们每周出去一次，准点，本分，安然无恙。

　　只是海星还不搬走。

　　学画画的女生搬了，学音乐的男生又搬来，学音乐的走了，读暑期考研辅导班的两个女孩又搬来……不知那个房间换了几茬客，现在终于空了，静悄悄的，苹果绿的窗帘淡成了烟水色，差不多一年了，也许她再也不回来了。

　　但他还是不愿搬，新工作的福利好，有新的宿舍等他，现成的装修和家具，他越来越没有理由在这儿住下去，每拖一天，就有一天的不安，可是每留一天，就多一天的不舍。

　　也许他自己也不清楚自己的心思，他在原地等谁。

　　那是个晚霞天，回来时见阿芒姑妈几个在楼下围着说话，海星笑笑走过，突然被阿芒姑妈叫住："阿芒回来了……"

　　海星的心一下子跳起来。

　　"就一个人，回来了！"姑妈邀功似的，又竭力保持神秘，"你帮我去看看她，特别是晚上——怕她想不开什么的。"

　　海星已经冲上楼。

　　窗子和门，敞着，在窗口只看到阿芒的背影，她踮着脚，往墙上钉钉子，她瘦了，身上的衣服宽虚虚的，好像撑得有心无力。

　　"嗨，你竟然活着回来了！"海星大声冲她喊。

阿芒回过头，怔了怔，笑了，她真的瘦了，脸色黑红黑红的，有点添老，或者说是风霜，头发也好像比以前枯槁了。

唯一不变的还是那双晶亮的眸子，闪闪的。

"我说这么快债主就找上门了，怎么办？还没钱还你呢！"她抬起手臂抿抿额前的一绺头发，不经意露出一道深红色的伤痕，从左眉上方一直延伸到头发里面。

海星的笑容刹住了。

10

关于这一年，关于那个男人，关于她额上的伤痕，还有脖子后面的、左臂肘弯的那些浓的淡的长的短的新的旧的伤痕，阿芒绝口不提。

她藏着多少故事、细节和心情，她真忍得住啊，人们期待着她开口，倾诉也好，告苦也好，痛哭也好，忏悔也好，人们准备好谅解、怜悯、宽恕和安慰，只等她低下头颅如疲倦哀怜的小羊，跌跌撞撞地入怀去啃那束青草。

真让人失望。

阿芒还是和从前一样，办好复学手续，微笑地上课、去图书馆，有时候结伴而行，更多时候独来独往，她非常忙，这一年有九门课要补，她要还时间的债。

海星问过那些伤痕，装作无意地说："骑马摔的啊？怎么这么不小心？"

阿芒只是淡淡笑着："自作自受呗——"

海星看她："疼吧，疼就该长记性了。"

阿芒还是笑："疼也忘了，疼也不后悔。"

她还是什么也不说，叫人也不好问下去，慢慢地，眼睁着她若无其事、心无城府地笑着来去，你会疑心自己出了错觉，那个叫阿芒的女孩好像从没离开过此地，没有什么不可知的一年，没有什么巴里坤草原，没有什么男人，从来没有。

这年台风来得早，六月初就带着脾气咻咻登陆了，满城尽是大风雨。中午从图书馆出来，门口的校道已经涨成汪洋，众人挤在屋檐下，望着茫茫的雨水，都呆呆的。

这时有个女生擎着小花伞挤到前面，她抬头看看，又低头看看，弯腰脱了鞋子，一左一右地挂在背包上，把裤管挽得高高的，在她右腿的膝盖关节背后，海星又看到一道深红色的伤痕。

"阿芒，整条路都浸了水，你无论去哪里，也得等雨停了！"海星隔着几个人喊。

人们转过头看他。

"不行，我约了教授，一点之前要交论文初稿。"阿芒回头一笑，已经把赤脚探了出去。

人们又回来看她，好像在看一场表演。

阿芒孤零零地冲到大雨中，水已经到了膝盖，风几下子就掀走了她的伞，她很快湿透了，却不肯回头，在漫天的风雨泥水里，她细薄的身影，又卑渺，又悲亢，海星悬着一颗心盯紧她，突然，她"哎哟"一声，摔倒了。

人们纷纷往前挤，踮着脚又躲着雨点，想看得更清楚。

海星使劲地拨开他们，光着头就往雨里跑。

阿芒半倒在水里，她在哭，仰着脖子大声地哭，海星心慌，忙一迭声地问："摔到哪儿了？能不能站起来，别怕，没事儿。"

"疼——很疼——"阿芒瘫软在那里，像个撒泼的孩子，她的脸上全是水，分不清哪些是雨水哪些是泪水。

海星好不容易背起她，憋着气拔足就往校医务室疾奔，阿芒越哭越大声，好像是号哭，到后来几乎哽住气似的。不知她伤在哪里，才哭得这么严重，平时哪里见过她掉泪，海星这一想，更是心急火燎，步子乱了，上楼梯差点扭了脚踝。

11

没事。

真的没什么事，校医简短地说。刚才的紧张忙乱过去了，没有骨折、扭伤、出血、破损、红肿或者瘀青，甚至连个针尖大的创口也没有。

不知何时阿芒止住了哭声，她肿着眼皮怯怯地望海星。

海星浑身精湿，头发湿淋淋地耷下来，好像戴了顶瓜皮帽子，他又累又生气，狠狠地瞪着阿芒："屁事都没有，你刚才哭个啥？"

阿芒不作声，乖乖地站在他后面。

雨还是下，海星抹抹脸上的水，忽然回头，看到阿芒在静静地掉泪。

她的眼泪一颗一颗的，晶莹透明的珠子，顺着脸颊淌，她一点声音也没有。

"怎么了？"海星声音柔下来。

她垂着眼帘，抽了一下鼻子，湿衣服贴身裹着，那最怯弱的轮廓。

海星无言，上去把她拥在怀里。

她的身体很冷，只有说话的时候才能感到一些热气。

"其实，他对我好过的。"她在他胸膛里，呓语般低低吐出一句，"我们确实幸福过的，真的。"

不知怎的，海星突然有些羡慕她，是，因为任性，她付出不小的代价，但是她得到的快乐也一定比别人多，至少有一种快乐叫，不遗憾。

那是阿芒唯一的一次哭，那也是他俩唯一的拥抱，那拥抱滴答着雨点、泪、疲惫，他用自己三十六点五摄氏度的体温去暖她，无法更高，也许他就是这么一个人，习惯了道理和原则的恒温，那拥抱很亲情。

海星记得，只有一次。

阿芒哭过了，脸上便干干净净，还是爱玩爱笑，笑起来还是要不依不饶到底。

那次，离校之前，凤凰树金红色的花开了，满草坪上都是照毕业照的人。天气极热，海星费了好大的力气才套上硕士学位袍，还是觉得别扭，低头看，难怪，套反了，只好满头大汗地往下扒，只是衣服浸了汗水，黏身得很，他的头在黑色的袍子里胡乱甩撞，咦，出口怎么没了？

他是从阿芒咯咯的笑声里知道自己的滑稽。

阿芒那班，就在近旁，一个挨一个，站好了队列，第一排端坐着老师、领导，大家看着镜头，准备留下菁菁年华最美的一瞬。

可是阿芒突然笑了，开始她是想忍一下的，却越忍越可笑，越笑越刹不住，她一只手捂嘴，一只手按着肚子，笑得浑身发抖，她知道老师瞪她，相邻的女伴掐她，她也知道怕，也知道疼，也知道糟糕了，可是这都拦不住她一气地笑下去，拦不住她咯咯咯地越笑越响亮。

到最后，大家只好看着她笑，有的皱眉，有的无奈，有的微颔，等她笑完。

到最后，阿芒的那张毕业照是，所有人都在笑，矜持的、灿烂的，含蓄的，明媚的，只有阿芒一个不笑，她笑累了。

12

海星带珍回来的那次，是黄昏，夏天的落日仍是金灿灿的，金色的阿芒背靠着阳台，懒洋洋、笑眯眯地看他们经过。

珍勤快，刚进屋眼里全是活儿，她把海星赶出去，又是扫又是擦的，阿芒拎着一个马克杯晃悠过来，歪着头往窗子里一探，珍正捏着一条长裤的裤线，努力地要折出个形状。

阿芒笑眯眯地看海星一眼："如果不是太挑剔，这样的女人，用来娶还是不错的。"

海星有点心虚，搪塞道："什么娶不娶的，不过是个朋友。"

阿芒斜眼看他："朋友这么好，让她顺便也帮我扫扫屋子？我听说啊，一个女人要收拾一个男人，是先从收拾他的屋子开始的。"

海星笑道："难怪你总是糟蹋我的屋子，敢情对我一点想法也没有。"说完又觉得这玩笑开得唐突，自己的脸先红了。

阿芒愣了一下，轻轻地："我哪敢啊，像我这样的人，只能给你无穷尽的麻烦吧。"

太阳好像"咯噔"一声掉下山去，所有的光线瞬间缩回，灰蓝的暮色浮在两人之间，一下子，什么话也想不出来，一秒钟似千年长，好在珍在屋里叫了一声，海星才逃也似的走开。

他忘了说，下周到新公司上班，公司在新区，路途很远，所以阿珍上来帮他收拾一下，他马上就要搬走了。

阿芒也不会在这儿住太久了吧，元素一直在等她，他被公司总部派往美国学习，可以携眷，每次来找阿芒，他的电脑包总揣着一沓沓的表格，准备阿芒一点头，就马上填单上报。

"这小子的耐性还是值得尊重的。"海星打趣。

阿芒颔首，竖着一根食指指向脑子："所以啊，这里，是想说好的。"

"可这里，却不大情愿。"她又低头指指心，笑笑。

"我总是不想委屈我的心，随心所欲去，好的坏的，自己找的，自己也情愿认了。"

"现在——我想，再出去走一圈吧，出去静静，好好想想。"

海星打断："算了，别折磨元素了，上次那圈走得可太远了！"

阿芒圆睁双眼："我就知道你已经忍不住要讲道理了。"

海星无奈："还有什么道理，只好求你答应，怎么任性都好，千万别剃了个光头来见我就好。"

阿芒早已笑翻过去。

这是海星搬走前和阿芒的最后一次对话，没有什么刻意的话别，慎重的留言，总相信再见是很平常的事，也许是因为，从不想真正离开。

然而忙完新手适应期的工作，得空再回来，阿芒已经搬走了。

姑妈也说不准她的去向，大概回家住了，有可能和元素出国了，也许到上海面试去了，或者去西藏旅游也不一定，那女孩的心像云彩，你能确定云彩的方向和形态吗？碧蓝的天上，云彩每分钟都不一样，云长，云消，云聚，云散。

海星的眼睛看酸了。

13

日子缓缓前行，像一条温顺的河。

工作很忙，只要掌握规律就好，新同事关系错综，只要洞悉了人情的规则就行，在制度和范例里，人是安全的，在安全的惯性里，人又是寂寞的。

　　珍是个省事的女人，值得他娶，他也在积极地存钱，按部就班，一个阶梯一个阶梯，别太快，也别太慢，走上去。

　　有时他会寂寞，心的四壁一声喊，荡着一些回声。

　　有时他会平静，没什么，其实一切看起来都不错。

　　这年五月他去粤西出差，小城的过道两边都是密密的芒果树，熟了，一只只垂挂着，有人用长长的竹竿摘了下来，装了满竹篓就在路边叫卖。

　　他带了一只回来，放在床头，晕晕的灯光绕着它，那芒果一半明黄一半碧青，多优美的曲线，香是谜一般的，让人怔忡。

　　其实，他从来没有不喜欢吃芒果，但从此他舍不得吃所有的芒果。

　　想起她，先想起她的种种不恰当，这丫头，好像没干过什么好事，让人操尽了心。

　　然而是不是，那种种的不恰当，恰恰让他难忘？

　　这个夜晚的星星密麻得像人的心事，只是挤来挤去挤疼了，也不说。

　　是的，他想她。

女兄弟

1

面试那天，临时被叫去人事部换墨盒，杨川手不熟，染了几个指头的黑。

就是去洗手的时候，盥洗台的大镜子照进一个人。杨川抬头看了眼镜子，她黑发红唇，不是特别漂亮，但那利落洒脱的举止，有种强大又冷静的美。

一如镜子里的所有女人，她也左顾右盼，整理着头发。杨川知趣，低下头把泡沫冲净，甩了甩手，正要离开。

"等等，来帮个忙。"她看着镜子。

"我？"杨川奇异，他根本不认识她。

"我后面有根白头发，不知怎么长的。"她拧着脖子，有点费劲的样子，"还揭竿而起，翘起来了。"

她的短发很黑，浓过最深的夜色，哪里有什么白头发。

"我够不着，你帮我拔掉，过来呀。"她皱皱眉，好像在跟熟人说话。

杨川只得走近，必须得这么近，才能察看她的发丝，这真有点尴尬，他把身体拉远，努力往前伸着头，别扭的姿势。

她的头发黑亮滑顺，散发着淡淡的很干净的香气。

"看见没有？"

"嗯。"他发现了，细细的一丝小白发，微微曳着。

"拔掉。"

"好。"他笨手笨脚地拈起来，想了想说，"可能会疼一下。"

"别废话，快点！"

他这才扯了下来，她回过头，拈过这根头发说："可怜白发生。"

转身走开几步，又停住，杨川以为她要补一句谢，谁知她说："你别以为我很老。"

她当然不老，只看面貌，她甚至比玫玫还小，只是那份气场是玫玫再长十年也未必有的，玫玫是那样小鸟般怯怯地、永远无助地躲在他背后的女孩。

玫玫在等他，她刚从行政部溜出来，面试的是他，紧张的却是她，绞着双手，忧心忡忡地转来转去。

"戴眼镜的那个男的说什么没有？他是人事部经理呀。"

"那个胖子呢，那个胖子为难你没有呀？他有时很凶的。"

"自我感觉好吗？不会有问题吧？阿弥陀佛，我这给你求了一上午的佛了。"

杨川少不得好言安慰她一番：放心吧，没那么差，就算进不了外销部，做保安也行，就算做不了保安，扫地的也干，一定能打进你们公司，一定能天天一起上班下班，一定，一定在你身边。

玫玫笑了，眼里莹莹闪闪，走廊上人多，她只能捏捏他的手。

2

他那刻的心情真是不无感慨。

十六岁那年他就给她承诺，虽然那时不懂什么，但从不后悔说过的那些话。

他说十八岁他们要一起上大学，去同一个城市，读同一所学校，坐在一个教室，一起去饭堂打饭。

他说二十二岁他们要一起毕业，留在同一个地方，进同一间公司，买一套房子，一起吃早餐上班，一起回家做饭。

他说二十六岁他们要结婚，她要穿雪白的婚纱，长发上戴顶金色的小皇冠，也穿火红的旗袍，鬓边插着红玫瑰。他们要去最美的地方度蜜月，什么地方最美，其实那时他和她也不知道。

这样的爱情很土气吧，可那就是他们的故事。这么多年下来，谁也离不开谁了，他是她的骨头，她是他的肉。没有他，她总是虚软软地立不住脚；她不在身边，他总是空悬悬地时刻牵挂。

其实，也有段不在一起的时间，还真不短，一年十一个月零四天。

毕业的时候，省城有家大国企来学校招人，他被选上了，玫玫没有，不过也找了个不错的单位，面试笔试很顺利，都准备试用了，偏巧玫玫妈那段时间胃溃疡住院，要她回来方便照应。当时杨川也想跟着回来，但国企的合同签得死，违约要赔笔钱，他家境一般，这笔钱不是小数目，于是两人商量着先这样，等等再看。

一年十一个月零四天好长啊，每一天都是搓成无数粒分秒捏着过的，电话容易，视频也不难，但声音再近，面容再真，都不算此时此地在一起。

那是不一样的。

她半夜发烧肚子疼，不敢吵醒父母，也不会打车去医院，只是抱着电话对他哭。她熬夜写的报告被主管改错了数据，经理骂的却是她，她也不会申辩，也不敢抱怨，只会在盥洗室里抱着电话对他哭。想从前朝朝暮暮的甜美，她哭，无端担忧将来的路向，她也哭，哭是她应对这纷杂世界的唯一方式。可不是每个人都会心疼那些眼泪，除了他。

既然没有那么长的手臂，穿越迢迢的空间去擦她脸上的泪，那他只能整个人回来。

这是承诺。

3

杨川觉得自己像头牲口，被人拉出来就走两步那种。

姚经理带他进了外销部办公室，人人都在对着电脑忙，也有说电话的，站着说的，夹在脖子和肩膀中间说的，语速都很急很忙，好像稍微慢点地球就会停止转动。

所以当姚经理说，这是杨川，新来的跟单员，你们谁带带？他们也是边看过来一眼，边笑笑点头，而键盘上的手指没停，话筒边的嘴在继续。

在外销部里，跟单员和业务员是最紧密的搭档，业务员拼死拼活抢来的单子能否完美成交，全靠跟单员的聪明老练，谁愿意找个生手来冒险呢。

最多不过一分钟的停顿，他却觉得分外漫长，等着谁把自己领走，有种低微的巴望和恓惶。

"我要他。"声音从靠窗的位置传来，办公桌的蓝色屏风遮住了她的脸，只看见高扬的左臂，像拍卖行的举手。

"外销部的女超人，喻华。"姚经理很高兴，"杨川，你运气不错。"

她这才站起来，黑发红唇，利落洒脱，唇边一点笑，"已经见过了。"

他也笑了，也许是紧张，也许是紧张之后的放松，一时竟没想到什么得体的话，只是点点头。直到这天中午下班，他才好不容易想出几句"荣幸感谢指教包涵"之类的场面话，在心里练了好几遍，可说出来的时候还是很生硬。

喻华嘲弄地看着他："你一个老实人，何必为难自己说这些？"

他脸红了。

走出门就见到玫玫在楼梯口翘望，这时喻华回头问："要不要跟我去吃饭？饭堂很差劲，我知道一个好地方，全公司只有我知道。"

他迟疑着该怎样回答，玫玫已经迎上来，挽了他的胳膊，温柔亲热地跟喻华说话，怯怯地但不无骄傲地笑着："喻华，他是我男朋友，以后就交给你了，拜托多多调教。"

喻华反应得那么敏捷，话音未落，她已经咯咯地笑了："怎么调教？一边调戏一边教？"

玫玫也被逗乐了："你随意，想怎么调戏就怎么调戏，只要你不嫌弃。"

杨川有些窘，喻华笑着看看他，没再说下去。

就这样，他成了喻华的搭档。这的确是个强大的女孩，连续两年当选金牌业务员，做起事来就像踩着几个风火轮，英语口语又那么流利铿锵，据说她的销售通常都在十分钟内搞定，一边约见大客户，一边在路上又敲下几个小客户。

她和客户谈订单，谈笑风生却滴水不漏，转过身来看样品，眼光又是极其锐利，一点色差和瑕疵都蒙混不了。她还骂人，杨川来的第三天就见识到。有批到西班牙的货，货代搞错了交货时间，喻华带着他冲去人家的公司，劈头盖脸就一阵狠骂，那个男操作都快被她骂哭了。

出了门来喻华突然回头看杨川，想来那时他的表情也有几分震惊，不及调整，喻华问："怎么，吓傻了？"

杨川直言："那倒没有，不过我是有点胆小。"

"放心，我舍不得骂你哦。"她调侃着，见他有些不自在，又咯咯笑道，"你还真害臊了，这才叫一边调戏一边教呢。"

4

可是真的，和喻华搭档，这两年四个月零十二天，她没骂过他。

这很罕见，相处下来目睹耳闻她骂过经理骂过同事骂过客户，当然都是工作上的事，她真厉害，句句都辣，可句句都在点子上，而且神色冷静思路清晰，即使被骂的人感觉讪讪，也能心服口服。

记得他跟的第一个单，新手吧，难免手忙脚乱，出货时包装箱贴少了个标识，发现的时候，货都到码头了。那是个湿冷的春夜，他赶到货仓，却发现喻华已经在那儿忙了。

他很愧疚："真对不起，你回去吧，今晚我一定——"

"把那个箱子搬下来，你有力气，负责搬箱子。"喻华打断他，"哪来的时间说废话。"

"我不想连累你——"他搬着货箱，看她麻利地贴着不干胶。

"一条绳上的两只蚂蚱不就是连着累的吗？"她戏谑地说，却语气轻松。

那是很累的活儿，两千箱货，两千次重复枯燥地抬手低头，凌晨两点多才完工，她累了，敲着后颈，捶腰，摊开两掌看看，贴胶纸贴得满手灰黑脏，她皱眉。

整晚他都在不安，他想，随便骂几句吧，或者埋怨几句也行。

谁知她突然笑了："我得谢天谢地呢。"

"什么？"

"幸好货还没上船，能救得回来。"

"我的错，该批评该扣钱的我都认。"

"少来了，你是我见过的失误含量最低的新手。"随即又笑着补道，"这句不是调戏，是表扬哦。"

走出门，春寒细细，凌晨街边寂寥，远远却见一蓬炭火。

喻华欢声指道："烤肉串！那边是不是烤肉串啊兄弟？"

杨川说："是啊。"

"你带钱包了吗？"

"带了。"

"钱包里有钱吗？"

"有啊。"

喻华瞪他："那你干吗不请我吃？"

他笑着说好。

好像她的心情因烤肉串变得特别好，黑冷的街头，暖红的炭火，暗暗地映着她的笑靥。她吃烤肉串的样子就像个小姑娘，你在小学校门口随便能见到的小姑娘神态，又着急又娇憨，那心思是很单纯的，轻易就欢天喜地了。

走的时候，杨川打包了四串，小心地抓在手里。

喻华很伶俐："给玫玫的？"

"嗯，不过她可能睡了。"

"睡了还打包，过夜就不好吃了。"

"我是怕她会醒，醒的时候突然想吃什么东西，当然她要是不醒就不用吃了。"杨川觉得自己很啰唆。

喻华笑笑，片刻才说："玫玫真幸福。"

5

其实细细回想，写在纸上的那次，算不算呢？

喻华有个客户是伊朗的采购商，那年秋天来看厂，因为这次采购的电脑桌量比较大，原来的工厂应付不来，恰好杨川有个朋友阿章开了家家具厂，他好心帮人，就极力推荐给喻华。

当时喻华就说："其实做熟人的生意很冒险。"

杨川不解："这是双赢啊，采购商需要货源，阿章的厂需要订单。"

喻华看看他："你信他们吗？"

杨川笑了："当然信了，我们从小玩到大的，他人很好的。"

喻华不笑："我不管他好不好，反正我信的是你。"

开始挺顺利的，谈判下订单做PI（Proforma Invoice，形式发票）签协议。喻华出手总是不同凡响，伊朗采购商跟阿章的家具厂签了五年的协议，每个月三个订单。阿章的厂第一次接外单，一家老小上上下下高兴得不行，天天打电话要请杨川和喻华吃饭。喻华不去，淡淡道："吃个饭就熟了，熟人开口要钱，就难了。"

阿章的电话后来就少了，少到没有了，甚至杨川打过去也不接，一次又一次地不接。

杨川很信他，从小玩大的朋友，阿章的爸妈兄姐也亲如自己的家人，先前喻华因为他的面子，有意把佣金压低了许多，平常都是按总金额的3%，这次只在单价的基础上每张加10元，当时阿章的妈妈还感动得要命，搂着喻华的肩膀说："我们不会让你白辛苦的，这么年轻的女孩子到处跑真挺不容易的。"

眼看支付的时间一拖再拖，他才开始担心，却在喻华面前帮阿章找借口，会计出差啊，赶订单很忙啊，资金周转不开啊，他心眼实，哪里会说什么圆溜溜的谎，幸好喻华也不怀疑，每次只说："行啊，没关系。"

他厚着脸皮硬着头皮，终于有一晚在阿章家里摆了牌，这个他从小玩到大的朋友，开口就叹气："哥们儿啊，不是不想给你们佣金，而是这个单我们根本就没利润啊，你看这一大家子都靠我，我爸妈想去欧洲玩一趟都舍不得，什么都升价，工人天天要加薪，这日子还要不要人活？"

他什么也没说，出了门，在街上漫无目的地走，走了大半夜。

第二天上班，却是兴冲冲的模样，把一个厚厚的信封放在喻华面前："2000套，每套10元，你数数对不对，阿章他们特别感谢你，总想请你出来吃饭。"

喻华瞥了他一眼："你那份呢？"

杨川笑："我也有，不过你的功劳最大，应该拿多些，上次阿章妈都说了，不能让你白辛苦。"

喻华笑了一声："出手真大方。"

杨川说："那当然了，他们一家人都很好的。"

喻华还是笑："这么好的人，那今晚就一起吃顿饭吧，邀请了那么久，钱也到手了，不去多不好啊。"

杨川咿哦着，喻华脸色一变："明明是个老实人，何必难为自己干这些？"

他很尴尬，又忽然难过起来，是的，自己是个老实人，没用，一个老老实实被自己朋友捉弄的人。

"你没和他签书面协议是不是？你不好意思，你仗着和他从小玩到大的情义是不是？"

"是。"他颓然地答。

"没关系，你早晚会学到这一课。"喻华的声音和缓而冷峻，"好吧，现在你让开，我要出手，我要让他们知道，背信弃义就别想在这条道上混。"

杨川急忙阻拦："喻华，算了，真的，算了吧。"

他停一会儿："二十几年的朋友，毕竟，算了吧。"

喻华生气了，她拍了下桌子，那是她骂人前的习惯动作，他等着，可是她咬着嘴唇，唰地坐下去，扯过一张纸飞快写起来。

"看吧！"她把纸拍在他手上。

满纸都是潦草的英文，他辨认得很吃力，却不料喻华忽地反手夺回，撕个粉碎扔进废纸篓。

"那是什么？我还没看清——"

"骂你的。"喻华恨恨地说，却莞尔一笑，"算了，信封拿回去，买房子的钱是吧，小心玫玫知道了。"

"她知道，没关系，反正买房子还差好多呢。你收下，真的，这是你该得的，你别管怎么来的。"

"不要！"

"你不要这钱，那我，我就没脸在这儿干了。"他虽然笑着，但是语气里的倔强她听得出来。

"好啊！"喻华一笑，把信封放进包里，"那我就要了。"

6

那段时间他很灰心。

他特别怀疑自己，还有自己二十多年的人生，那些坚持是否可笑，那些努力有没有用，那些相信会不会很傻。他甚至怀疑自己回来得对不对，他有能力给玫玫幸福的生活吗？他凭什么给她安全感呢？玫玫妈问他什么时候才能买套房子，他都给不出个准确的时间。

怀疑的人不止他自己。有次运气好接了个大单，是个非常重要的美国客户，杨川心情自然是兴奋又忐忑，开始计划如何如何。哪想到下午就有人通知，上头怕他出错，这单子要换个经验足的人来跟，必须保证百分之百稳妥，重要嘛。

也说不上失落，好像该预料到不是嘛，把客户资料交还经理的时候，他还很懂事地笑了笑。

谁知晚上喻华打电话来："确定了，让你跟！那个美国客户。"她似乎刚爬完楼梯，还喘着气。

"我不行，经理说了，要换个经验足的人。"

"你当然行，我知道！"她很急很大声地在话筒里说。

"你听到吗？杨川，你行！"她给他打气。

他久久无言。

"知道我是谁吗？我是外贸界的金牌业务员，我是外销部女超人，我入行快五年了，我的客户遍及五大洲，我做成的订单过亿！你说我这么牛的人怎么可能会看错人？"她开始咯咯地笑了，"兄弟，你肯定行！"

后来才得知，这个订单喻华是怎么争来的。从东北出差回来，下了飞机直奔外销部经理室，拖着拉箱，身上还穿着北方零下二十摄氏度时要穿的羽绒服，也不管经理在和谁谁谁谈什么什么，桌子一拍，直截了当："那是我最好的搭档，你不信他，就是不信我，你不让他干，我也立马不干。"

他不怕人家负他害他，他只怕这样赤忱地信他。

就为了她这句话，真是豁出命去干，正是用工忙的时节，他一家一家去找加工户，全城两百多家大厂小厂他都走遍，从早到晚泡在厂里，几千箱货都要开箱一件一件亲自验检。一件一件地经过他的手，那些冰凉的器械仿佛在他手心里有了温度和生命，百分之百稳妥。

那个月他整整瘦了九斤。

顺利出货那天，喻华笑着抬起右掌，他会意，响亮地与她相击。她的手掌小而柔软，力道却不小。开始的时候他只是虚虚碰一下，喻华不乐意了，她说有诚意的击掌相庆必须惊天动地排山倒海。

后来，这成了他们默契的动作，开心时是，流泪时也是。

其实，他不是轻易掉泪的人，男人嘛，总要扛得住。

有天晚上陪喻华见日本客户，喝酒是免不了的，杨川怕喻华受不住，抢着帮她喝了几杯，客户有心为难，白酒洋酒混了几种灌他，便大醉了。后来怎么散的，记不清了，只知道自己少有地话多，怨妇似的，舌头都打结了还要唠唠叨叨，说大学时代的梦想，说梦想的泡泡，笑自己的天真愚蠢，却又不想改变，说前途的渺茫，再擦眼睛也看不清的前程，说去加工厂跟单，整天赔笑赔小心赔时间，连个普工的窝囊气都得咬着牙受，说买房子不够钱，房价总在升，玫玫的妈妈不给好脸，自己什么委屈都得忍着，怕玫玫知道了又担心又哭。

他太憋屈了，喘不上气来，要张大嘴巴来呼吸。

喻华静静地听着，拧了方热毛巾细细擦他的脸："哭一场吧，你不用永远都那么强，哭出来就好了。"

他没哭，倒是吐了喻华一身，想来真是狼狈不堪，还好她不计较，又像是浑然忘了，以后再没提过，却在他要交房贷首期的时候，晚上约他出来，随随便便塞了五万给他："本来就是你的，现在正好还你。"

"怎么会？"杨川惊诧。

"上次你自掏腰包给我那两万二啊，到我钱包里就繁衍生息成了五万，告诉你啊，我的钱包是个聚宝盆，钱会越变越多，比股市还多。"她笑嘻嘻地说。

杨川坚决不要，他说自己的事情自己能搞定，她的钱赚得也不容易，他心领就是，推来推去地，喻华突然恼了："我不缺钱！我一年下百多张单我数钱都数不过来！我缺的是一个能让我信的人！你知道不知道，我看见你的第一眼就知道你是值得信的，是值得一辈子全心全意信的人！"

她喊着，声音有些异样，却突然背过身去，用狠狠的语气说："你走开，走远点，走！"

他捧着那大块的纸币，愣愣地站在离她二十米远的地方。

一会儿她若无其事地转身走来，脸上又恢复了冷静和自信。

"就当我借的，将来我要还你。"杨川把钱放进包里。

喻华戏谑地笑着："你欠我的，还得了吗？"

他怔了一下。

7

直到离开公司的前半年，杨川的业绩已经非常不俗，年底的KPI（Key Performance Indicators，关键绩效指标）考核分数名列全公司第二，被评为年度优秀员工。经理有意让他独立接单，顺便带带新来的跟单员，他不肯，表面找的理由是自己英语口语差，还是跟单比较合适，心底的那个理由却是，他答应过喻华，尽管没说出来。

他们合作得非常愉快，她只管接单，厂家那边的事儿有他在，一点也不用喻华操心，两年四个月十二天，客户的质量投诉是零。那次喻华半开玩笑地说："怎么办？杨川，你太好了！要是你有天不干了，那我就完了，因为我再也找不到比你更好的搭档了。"杨川笑笑不答，心里却想，"你干一天我就陪你一天，又如何？"

那次祖母大寿，杨川请了两天的假回家，酒宴喧闹中接到喻华的电话，他紧张，以为她遇到了什么急事儿，匆匆跑到僻静的走廊说话，却听到喻华在电话那边咯咯直笑："没事儿，别急，等会儿要去见个厉害的客户，突然有点没底儿，想听听你的声音，好了，现在有底儿了。"他失笑，笑这个强大冷静的女超人有时也会有这样傻傻的孩子气。

却想不到自己也会如此，喻华去德国参加展会，那一个星期，好像过得特别缓慢无味，时常抬头望她的桌子，又笑自己无聊，难道多望几眼她就会突然出现吗？知道她爱干净，早上必给她擦一遍桌子，傍晚下班的时候，斜射的光柱里好像又有灰尘落下，便再擦一遍，他喜欢她的桌子光亮清爽。她回来的前一天，很想给她点惊喜，特意去买了几枝香水百合，繁花中她只爱这个，说这种花素洁又有风致。可是走到半路，又怕太过着意，想想还是留在了路边，走了一段路再回头望望，风里微微掀动的花朵，很美，但不能直接给她，也许永远不能，那种惋叹的依依。

其实那时已有份新工作在等他了，大学的几个师兄注册了一家公司，留了股份给他，让他过来帮忙，无论薪酬和发展都很可观。他拖着，拖着，知道她还有半年就能升职，怎样都要再留半年，也就做好了辛苦的准备，两头跑，晚上加班，有时一天只能睡三个小时，落形落得厉害。喻华几次问起，他总笑说减肥，后来还是玫玫无意中说出了真相。

那天傍晚加班，办公室只剩他们两个，杨川低头在做流程卡，喻华走过去说："下个月你就别干了。"

"干吗？经理都没炒我。"

"你别死撑了，两边操心两边跑，瘦得像个鬼。"

"没事，没那么娇气。"

"人往高处走，机会来了就得当机立断。"

"知道了。"

"那就听我的，明天就去提辞职，要不要我陪你去？"

"再等等。"

"你别拖拖拉拉行吗？"

"不急，吃了庆功宴再走，再有几个月你不是要升职吗？"他笑笑。

她静静站了一会儿，去茶水间冲了很久的茶。

再回来脾气就变得格外急："都快七点了，你弄完没有，我等着发给客户呢。"

杨川说就快啦。

她在找他的碴："你怎么这么笨啊？你这是什么效率啊？一个流程卡都要老老实实吭吭哧哧写那么久，我真受不了你这又老又实的愚蠢，你知不知道我忍你多久了？你知不知道我有多讨厌老实人？在这个现实得要命的世界里，和一个老实人搭档就等于自愿陪葬！"

杨川愣了。

她狠狠心继续说："你真以为没你我就找不到更好的搭档啊，没有你之前我照样干得风生水起有声有色欣欣向荣，你走了任何人都可以代替这个位置不用一分钟地球照样转美元照样赚，你以为自己真的很了不起？你是耶稣、是释迦牟尼要拯救全人类啊，你别那么天真，别那么自恋，去照照镜子称称斤两好不好？求求你了！"

这是她对他说过的最重的话了，杨川默不作声，关上抽屉就走。

她脊背挺直地站着，高傲而凄凉地想，自己真的很会骂人。

她约摸着那个人该下了楼，走到院子里的时候，却终于忍不住跑到窗前去望，等他出来，该出来了，怎么还没出来？

却听到背后有人说："傻乎乎地看什么呢？"

回头见杨川又折返，脸色如常："忘了跟你说呢，昨晚那个取消订单的新西兰客户，回收的生产单是OPA（Outside Processing Arrangement，外地加工措施）单——"

"你就别再操心了行吗？"喻华喊，心情复杂难陈，"我又不是玫玫，动不动就满脸眼泪，每分钟都要人护着宠着捧着，你以为你有几辈子，你以为你有多少颗心？！"

他就这么看着她。

"别这么老实地盯着我！"她避开他的眼睛，"好吧，我是讨厌老实人，他们总是天真得——让我一点办法也没有。"

他终于点点头："好的，以后有什么用得上我的，给我电话，朋友之间不用客气。"

"我才不是你的朋友！"喻华转眼已经笑了，扬起右掌，用尽全力击一下他的掌，"兄弟，我是你的兄弟！"

他的掌心有轻微的痛楚，久久地仍在。

辞职离开那天，喻华一早就出去办事，想等她回来正正式式道个别，等了半晌也不见人。走出公司院子的时候，还是忍不住回头望了一下二楼的窗，虽然明明知道她不在。

8

他和玫玫没多久就举行了婚礼。

十年前的承诺，二十六岁他们要结婚，她要穿雪白的婚纱，长发上戴顶金色的小皇冠，也穿火红的旗袍，鬓边插着红玫瑰，真的是这样，二十六岁，雪白的婚纱，金色的小皇冠，火红的旗袍，鬓边的红玫瑰，跟设想的一模一样。除了因为新公司业务太忙，蜜月要推迟，况且什么地方最美，玫玫还在踌躇，她要花很长的时间上网找资料，看别人的游记照片，还有旅行社的打折广告。

一个老实人，只擅长老老实实地计划，然后一点一点按部就班地实现，玫玫很满足，他也没什么不满意。

婚礼那晚，酒宴之后大家在KTV唱歌。喻华叫他出来，面对面地站着，背后的包房里音乐震耳欲聋。

开始她玩笑地说："我今晚喝多了点酒，等一会儿可能会胡说八道。"

杨川的心本能地紧了一下，怕又好像期待着她会说出什么。

她看着他，微笑着，却慢慢换了非常郑重的表情："杨川，作为你的兄弟，我要对你说，从今以后，玫玫就交给你了。"

他低头看着她，说："是。"

"要好好对她，不许欺负她。"

"不敢。"

"从今以后，杨川就是林玫玫的了——"她笑着，声音却变了。

他不知该说什么，有东西哽住了喉头。

那瞬的静默好像特别漫长。

突然喻华咯咯地笑起来："真是神经病，你说那些不知道的人，看到咱们这样，还以为我在说，你结婚了新娘不是我。"

"好了，你该进去了，一会儿新娘找你。"她侧着头，眼里莹莹地，习惯性地张开右掌，想想却又放下。

"等等。"她流着泪，却一直笑，忽然伸出双臂，"——兄弟，来抱抱。"

他轻轻地拥抱着她，她的短发浓过最深的夜色，那淡淡的干净的香气，这么近，这么近。他低下头，看见自己的眼泪，掉在她肩上，好大一颗，他从不知道，自己的眼泪竟有这么大颗。

这年年底，喻华升了经理，去了另一个城市的分公司。他已经很久很久没有她的音讯了，有次在街上听到一个人的手机铃声，任贤齐唱的几句歌——"有今生今生作兄弟，没来世来世再想你"，就在寒风中痴痴地站了半天。

他的兄弟，不是那些哥们儿，是一个女孩。

岁月一身袈裟，
终究没把爱度化

我懒得给你电话，是因为不知道说什么你会满意。
我懒得跑去见你，是因为喜欢一个人偷偷想你。
我懒得讨你欢喜，是因为我笨到不会表达自己。
我懒得说有多爱你，是因为我把话放在眼睛里。

≈

懒 得

1

雷励记得那个女孩。

一个秋天的傍晚，他到海大看了表妹，出来，突然下了一阵急雨，站在门楼等雨停的时候，雷励看见了她。

那个女孩不疾不缓地自雨中走近，身上的衣裳湿着，头发黑黑黏黏淌着水。她不快走两步，反而悠着手臂，左手袋子里圆鼓鼓的水果就这么悠悠地跳将出来，有两个大红苹果一前一后地沉沉坠地，在泥路上一路翻滚。

奇怪那女孩并不回头。

"你掉东西了。"雷励提醒她。

那女孩朝他笑笑，悠扬散淡的模样："我知道，懒得捡。"

然后她踏上台阶，站了一站，身上的雨水滴滴答答的，她低头看看脚，那本该是双雪白的布鞋，现在已经有了星星斑斑的泥点。

她叹了口气，就踩着鞋跟把鞋一点一点踢下，弯腰捏起，一甩手扔进垃圾筒。

她光着脚走上楼梯，忽然回头看看，好像知道雷励的愕然，笑笑："懒得洗。"

2

大约一年后，里岸服装公司的职工餐厅，雷励满身汗水地高捧着盘子从窗口挤出来，有人招呼他："嗨，过来坐呀！"

望过去，靠窗那个女孩向他扬手，笑笑地，悠扬散淡的模样。

"你还认得我吗？"雷励试探着问。

她摇摇头："我只是看着你面熟，我从来记不住人的。"

"懒得记人？"雷励打趣。

她笑着点头："对对，懒得记。"

雷励见她桌前空空："你吃了？"

"没有，我懒得跟人挤。等一会儿没人了再去。"

"等一会儿就怕什么也没有了。"

"那就泡点菜汤，我宁可泡菜汤也不想和人挤，怪紧张的。"

等她去打饭的时候，真是没什么了，盆里稀稀拉拉的几根菜叶，她也不急不怨，仍是笑眯眯的样子，慢悠悠地捧了饭盆走，倒是师傅过意不去，把自己吃的小炒拨了一半给她："没关系，你吃，你吃，我正减肥呢！"

她满足地坐回来，对雷励说："你看我这懒福，红烧排骨，比你的好吃吧！"

雷励看她饶有滋味地吃着，眼睛扫下去，记住她胸卡上灰色的小字：设计部，蓝白。

3

雷励后来才知道，设计部去年一共进了三个人，都是女的。施然是最优秀的，她的设计已经在国内拿了两次大奖，年少有为，近期有望升职。何文可也很有潜力，她的设计在广交会最受经销商欢迎。只是蓝白，有点懒散，迷迷糊糊的，整天慢条斯理，游手好闲，胸无大志。

"我倒不觉得，或许是她没机会表现自己吧。"听杜经理的介绍，雷励忍不住为她说话。

"你小心啊，不是看上她吧，你舅舅让你来，是盼着你把公司打进国际市场的，不要早早徇了私情才好！"

雷励的脸无端有点热。

他去设计一部视察，不大的办公室，有女人的微香。

弯眉细眼，双腿修长的是施然，她热情妩媚地笑着伸出手来："雷总这么年轻这么帅啊，我们未婚女孩可要加油了！"

何文可戴着银边眼镜，斯文端庄，拘谨地微笑："欢迎雷总。"

雷励边颔首边四周巡视，不见蓝白，但是他知道哪张桌子是她的，不是最乱的那张，不是摆了小玩意养了盆栽的那张，也不是贴满了图样挂满了布版的那张——那张，靠窗户最空最干净的那张，他想象着那女孩一定会悠扬散淡地说："懒得放东西。"

心里一点温柔，他的唇边忍不住带了笑意，用手指敲着桌子。

"这张桌子是——"

"蓝白的，哎，蓝白去哪里了？"施然喊着，"她啊，总是这样，上班时间不知跑哪里去了，别人累死累活，她闲得要命，真是同人不同命啊！"

文可一边轻轻道："今天的图纸她都画完了，坐了一天，说是到天台透透气。"

"哎！反正她可会享受生活了，咱们怎么没空去透透气呢？"施然一边嘟囔一边看雷励，见他没反应，声音就小了下去。

雷励在公司里面随便转了转，想想，就奔天台去了。

这其实是个小小的空中花园，天台有一棵大叶紫薇，一盏盏开着浅色的花。紫色的花树下，有红砖砌成的花池，散乱地长着零星的花草。

秋日长空下，一张旧竹子躺椅，躺椅上一个淡青衣裳的女子。

"你又懒得动了吗？"雷励半笑着。

蓝白有点吃惊，两手拂着头发坐了起来，胸前的几张图纸和铅笔忙乱地滑到地上，她来不及捡，双颊就微红了。

"扰你清梦了？"雷励俯下身子帮她捡起来，图纸上是很飘逸的淡蓝色的几款衣裙。

"没有，没有，欢迎你来一起偷懒，趁新老总还没到，能多懒一会儿，就多懒一会儿！"蓝白狡黠地眨眼。

"偷懒来这里，有什么好玩的？"雷励佯装道。

"好玩儿着呢！你要是有心情，什么都好玩儿！"

雷励不解地摇摇头。

"天哪！天好玩吧，这么一大匹蓝真丝。云彩好玩吧，像一卷又一卷的棉花糖，吃不完又吃不着的棉花糖啊，只能眼睁睁地看着它们一卷一卷地从我鼻子上飘走——"

雷励忍不住笑，随手一指："那花也好玩，草也好玩，蚂蚁也好玩啊？"

"对啊，你静下心去看它们，可有意思了，花会笑，草会哭，蚂蚁会吃醋。"

雷励道："难得你有这份心，只是——其实这里的工作还是挺紧张的吧。"

"我懒我的，反正不耽误工作。"蓝白站起来，雷励看到，她又脱了鞋，优美洁白的光脚踩在赭色的方砖上，让人心蓦地一动。

"嗯，我看你这几款设计很有意思——"雷励想起他手中的图纸。

蓝白抢了过来："画着玩的，就是这蓝天白云给我的灵感。"

"有长天上风扬的感觉，你这个设计，可以报上去参赛咧！"雷励真诚地赞许道。

蓝白舒服地伸了个懒腰，回眸一笑："我懒得争什么，太想一样东西，心就会紧张，心紧张了日子就不好玩了。"

雷励想着她的话，觉得有意思，但仍问下去："只是一个人不应该趁年轻上进吗？等老了的时候——"

"等老的时候——我敢肯定一样东西，那就是六十岁看蓝天白云保准没有二十岁的快乐，那我现在为什么不看呢？"蓝白道，云淡风轻地一笑。

雷励只得笑叹。

"你来，你过来，对，坐这儿，躺下来，别紧张，我只是想，你这样看看天。"

蓝白伸手招呼雷励，让他慢慢仰靠在竹椅上看天。

雷励第一次这么认真地看蓝天白云，悠悠然的感觉，云彩飘过，好像动的是自己，自己是茫茫海上的一条船。

他微笑了："懒洋洋的感觉是不错啊！真想整天就这么躺着。"

蓝白一旁笑道："这一会儿你才不那么正经八百了，这才有点意思。不过当着老总的面你可得装模作样啊！"

雷励哈哈大笑，蓝白莫名其妙，只是自己嘀咕："你笑什么笑？我才懒得问你笑什么呢！"

4

这天下午的例会，蓝白就知道他笑什么了。

在椅子上伸懒腰的时候，蓝白见到雷励西装革履地走过，随口就说："嗨，怎么这么衣冠楚楚的，装模作样啊？"

雷励回头笑笑，直接坐在主位上。

文可惊诧地压低声音："蓝白，你跟他这么熟吗？"

施然嗤地一笑："嗬，本事真大！"

蓝白恍然闭上嘴，低下眼睛，一会儿想想，实在懒得装什么谦卑老实样儿，就抬起头，笑笑地看雷励说话。

雷励感到那边的目光，心里有一点点乱了，故意不望过去。

走马上任伊始，就有新的挑战，刚接到韩国"汉水杯"国际服装设计大赛的邀请信，里岸的牌子能不能在东南亚圈子打响，这是一个机会。

果然，公司的设计师们反应很大，因为参赛的作品名额只有一个，大家当仁不让地议论纷纷。

雷励向蓝白看去，她只是安静地坐着，半眯缝着眼睛听别人吵，唇边似笑非笑。

而这边施然已经站起来朗声发表自己的设计理念了，雷励忙收回思绪，严肃地听着。

5

下班了，设计部的几个女孩子一起走出公司门口，文可故意和蓝白落在后面，好像不经意地问起："蓝白，那个新来的雷经理，人怎么样啊？"

蓝白笑了："我今天才知道他叫什么咧！"

"是吗？"文可淡淡地笑了。

人事部的吴主任开着新车停在门口，笑道："哪位美女赏脸啊？"

施然马上尖叫着冲上去开车门，再有两个女孩也笑着跑过去，文可连忙对蓝白说："快点，有顺风车搭呢！"说话间，人已经奔到车边，正好最后一个挤进车里。

路边只剩下蓝白一个人笑笑地站着。

吴主任不忍："蓝白，不好意思啊，要不等会回来接你？"

"不用了，我喜欢走路！"蓝白挥挥手。

"懒人也喜欢走路吗？"雷励无声无息地把车停在蓝白身边，拉开车门，"上来吧！"

蓝白笑笑，大方地上了车，车子扬尘而去。

吴主任笑："原来如此啊！"

施然冷笑："本事真大！"

文可轻轻地说："她说今天才知道雷总的名字呢。"

车子里刚才闹嚷的女孩们都不出声了，有点郁闷和愤愤。

"不要又说懒得参加汉水杯。"雷励看了蓝白一眼。

蓝白乐了："在老总面前说懒得，那是懒得要命了。"

"倒想领教你如何装模作样。"雷励道。

蓝白调皮："要咱们装模作样，那还是懒得要命算了。"

两人齐笑。

"我看你那几款蓝天白云挺好，修改一下——"

蓝白低头："你要是让我画着玩，更有意思的我都能画出来，要是让我参加比赛，我的头皮紧了，画得就没意思了。"

雷励心软："我从不会给你压力。"

蓝白婉转一笑，正遇见雷励精亮的眼神，突然间两人不再开口，有点儿心照不宣。

6

雷励知道自己怎么了。

他从没有试过这样多地想念一个女孩，即使每天都会看到，而那没看到的一会儿，一小会儿，都无法忍耐。他有各种借口去设计部视察，他有各种理由给她打电话，但是不够，还不够，他受不了她远远地站着，他受不了她的散淡平和。他有时候真想上前握住她的手，紧紧地，告诉她自己有多喜欢。

没有谁是看不出来的吧。

这天杜经理和他并肩在过廊上走，开玩笑地说："雷总，你和小蓝进行到第几段了，我们那餐你可别赖掉才好啊！"

正巧蓝白和几个同事从前面出来，想是听到了，有点尴尬的样子。

雷励爽性道："当然要请大家吃一顿，蓝白，你有意见吗？"他紧张地看着她，所有人都紧张地看着她。

蓝白脸微微红了一下，笑笑地说："我才懒得有意见。"

大家起哄着，雷励眼里装不了的笑，竟有些濡湿。

7

汉水杯赛程的日期渐次逼近，秋交会即将举行，雷励几乎晚晚都加班到深夜。

蓝白不愿参加比赛，晚上懒得过来，一个人在宿舍看画册吃零食。

忙里偷闲的一刻，雷励都会给她电话。

"干什么呢？"

"玩儿呢！"

"想我吗？"

"懒得想！"

"我想你呢，一会儿出来吧。"

"早点回去休息吧，干了一天，明天又得早起，我也懒得换衣服。"

"亲一个吧。"

"哎呀！我懒得跟你肉麻！"

恋恋不舍地放下电话，雷励若有所失，和一个懒女孩谈恋爱，是不是什么都这样不紧不急不上心呢？

有人敲门，是谦恭拘谨的文可，她这几天也赶着修改参赛作品，多晚都来。

手上提着保温瓶，文可羞涩地笑着："雷总，我今晚煮了冰糖红豆，大家都吃了，顺便拿点给你，不嫌弃的话——"

"正好，正好，饿极了！"雷励不客气地接过来，文可忙从另一个小袋子里取出卫生调羹。

"我还以为你不吃呢，小蓝一定给你炖了好东西来，哪里还会吃这个。"

"她才懒得炖什么东西呢！"雷励边说边吃，心里有一点不是滋味。

"小蓝这方面是不太喜欢动手的，在宿舍里从来没下过厨，城里的女孩毕竟娇贵点。"

"她说过宁愿不吃也懒得动手，她是什么都懒得，唉。"

"没关系，手头上的功夫，你要是合口味，我明晚再给你炖个木瓜西米。"

"不用那么麻烦。"

"反正我们一大班同事也要吃，捎上你的一份，有什么麻烦的？"

"那先谢谢了。"雷励说。

文可抿着嘴唇笑了。

8

雷励和销售部的蔡经理去广州参加秋交会，下了飞机，蔡经理的手机没有停过，只听得他每隔半小时就实况报道身在何处正干什么。

"我女朋友，盯得紧呢！一天24小时实时监控。"蔡经理无奈地说。

这话忽然让雷励有些妒忌，想开来，和蓝白相恋以来，她好像从来没有主动打过电话给他，从来没有主动约过他，甚至从来没有主动说过爱他。

她懒洋洋地在那儿，他勤快地去找她，见她，关心她，爱她，好像一个人说唱念打，担起整台大戏。

他突然不能确认她的想法，心里一下子乱透，也分外留了心，故意不打电话给她，看她会不会担心，主动打来。

等了整整一天，没有，他的心凉凉的，能预想答案，她一定会说："我懒得打。"

入秋的广州晚间下了几点冷雨，他冷眼看蔡经理不断地在旁边聊电话。

一下子觉得很没意思。

从秋交会的业内专家嘴里知悉，汉水杯的几个东南亚评委比较注重与自然融合的理念，雷励反复掂量手中的候选设计，还是觉得蓝白的"蓝天白云"比较接近。

"小蓝，我知道你不愿参加比赛，可是，如果为了我破例一次呢？"雷励试探着问。

蓝白坐在天台的竹椅上，仰头看着天，不作声。

雷励叹气，蓝白看他："叹什么气？当然为了你。"

雷励笑了，心里这才有点暖和："时间不多了，一个星期后就要开行政会决定了，你来得及吗？"

"我才懒得要命呢！"蓝白笑，有一丝淡得无人察觉的隐忧。

9

施然十二点回到宿舍，在小客厅里倒了杯水，抬眼见到蓝白的房间开着门，灯下，她苦思冥想的样子。

施然端着杯子走过去："喂，太阳打西边出来了，你什么时候不懒了？"

蓝白打了个呵欠："我懒得和你说。"

施然冷笑："你真是该懒的不懒，不该懒的倒懒起来，小心你的金龟婿就这么被你懒丢了。"

蓝白笑着摇摇头："你少捣乱，去去。"

"我捣乱？你为什么不打个电话问问，雷励现在和谁在一起？"

"没事打电话烦他干什么？他忙得要命。"

"是啊！很忙啊，忙着喝何文可炖的老火靓汤啊！"

蓝白怔怔，马上笑着摇摇头："我俩坦坦荡荡的，懒得听你嚼舌头，扰我耳根清静。"

施然气："最怕你有一天听到得太迟！"

蓝白连连摆手让她走。

自己在灯影下发了会儿呆，手里握着手机，终究还是轻轻放下，又皱着眉头画起来。

蓝白轻轻哼着歌，指尖轻快飞舞，天空一样蔚蓝色的丝绸在剪子下、在针线里有了轻盈灵动的生命，文可悄悄走近，看了一会儿，又悄悄走了。

天台上风很大，蓝白把吹干的衣裙一件件地收下来，搭在臂上。

文可不知何时上来："真漂亮，小蓝，你真有天分！"

蓝白笑了："文可，你的也不错！"

"但也是白忙活了，雷总肯定送你的上去。"

"没有，还要开会讨论的不是吗？"

"形式而已。"文可摩挲着凉滑的丝绸，声音低下来，"你运气真好，什么也不用争，自然会送上门来。"

"也不是，我天性就不喜欢争什么，是你的就是你的，何必忙呢？一有了计较的心，人就不开心了。"

"我都说那是你运气好，像我，家在农村，父母有病，弟妹读书，全指望我一个，我不争不搏行吗？"

"你现在不是很好吗？"

"不，差远了，我需要钱，需要出名，每一个机会对我来说都和命一样重要，你知道吗？为了这次比赛，我花了多少心血。可是——没用了！"文可低声哭泣起来。

蓝白只能歉然地抱着飞舞的衣裙："不一定的，还要讨论呢！有机会的，真的！"

"谢谢你，不过说句知心话，我要是你，会提醒雷总注意影响的，毕竟他刚上任，你又是他女朋友——"文可擦了眼泪，体己地说。

蓝白默然，心里有点乱。

10

雷励想不到蓝白在会议前的一天突然决定放弃。

电话里说话不畅快，他急匆匆地去宿舍找她，敲开门，她正赖在床上看漫画。

还是一副不紧不慢的样子，笑笑地说："也不为什么，我还是懒得参赛了。"

雷励忍住火气："你已经准备好了，怎么可以突然改变主意？别忘了，我至少还是你的上司！"

蓝白的笑容淡了，但依稀还在脸上："你不是说不会给我压力，你知道我凡事都懒得——"

雷励生硬地打断她："我知道你懒，懒得竞争，懒得活动，连爱别人也懒得，你不是懒，你是不愿意罢了，或者说，不值得你在乎，不值得你付出！"

蓝白惊愕地说："我不是那个意思，我没有那样想。"

"是，你是！你懒得打电话给我，懒得主动找我，懒得来看我，懒得关心我吃什么，穿什么，在哪里，干什么，懒得对我说一句爱，懒得为我做一切事情，为什么？就是因为你不在乎！"雷励一连串地喊出来。

蓝白睁大眼睛看着他，好像有泪。

"人家加班，女朋友的好汤好菜多晚都送到，我多羡慕啊。你总说不会做，懒得学，知道吗？只要是你亲手做的，就算是一口白粥我都满足了！"

蓝白的眼泪掉下来。

"现在我终于有点懂了，你的懒得，比我重要！"

雷励心痛地看着她，她怎么不说话，怎么不否认，怎么不辩解。而她只是这么流着泪怔怔地看着他，嘴巴紧紧闭着。

雷励掉头开门就走，他走得不快，可是她不留他，她为什么不留他？

雷励摇摇头，心里酸成一片。

11

初冬的太阳，暖黄得让人心酸。

周日的早晨，蓝白在阳台上一件件晒衣服，施然看见她平静的背影，觉得不可理喻。

"你从来没有这么勤快过，洗这么多的衣服！"

"呵——"蓝白笑笑，手并不停。

"他们该到韩国了吧，何文可的碧霄诗情，有多少是偷了你的——傻冒！"

"我才懒得关心，关我什么事。"

"我要是你，就把他抢回来，他爱的是你，文可自己黏过去的！"

"我懒得抢，是我的就是我的。"

"别装了。"

"我才懒得装。"

"难受就哭出来！"

"我才懒得哭。"

蓝白嘴里一句句回着，却忽然停住，将手里的湿衣服捂住脸，无力地蹲下来。

施然一旁黯然叹气。

12

蓝白走了。

是她的风格，下个月的奖金懒得要，东西懒得带走，连辞职信也懒得写。

杜经理背后多少次说她散漫，却佩服她的潇洒。

雷励让自己不去注意那张靠窗户的桌子，在办公室里谈笑风生韩国之行，说着走着，不知怎的却到了桌边，下意识地，用手掌擦桌子上的细尘。

何文可看在眼里，待他一走，马上叫人把桌子搬走了。

施然又骂她连一张桌子都容不下。

快下班时，雷励接到文可的电话。

"我在湘菜馆订了位子，记得昨晚你说想吃湖南菜。"

"好的，不过我约了杜经理谈一份订单，可能要迟半个小时——"

"我刚才和杜经理说了下午再谈。"

"这怎么行？"

"身体要紧，按时吃饭，别忘了你的胃在韩国老犯毛病。"文可娇笑了一下，"人家还不是心疼你。"

雷励无话可说。

"对了，你洗了手再去，我在你的洗手间放了威滴洗手液，杀菌功能好。"

"这点小事，去了再洗嘛！"

"菜馆的洗手间不卫生。"

"好吧，好吧。"

"还有啊，记得先喝杯凉茶冲剂，在左边的第一个抽屉，湘菜上火。"

"行啦，行啦！"

"爱你才管你呢！别不知道福气！对了，刚才施然和你说什么来着，看见我马上不说了。"

雷励索性放下电话。

13

十五个月过去了。

暮春天气，满城是纷扬迷蒙的杨花。

雷励和蔡经理从东莞出差回来，下了飞机，刚开手机，蔡的电话又催命似的响起来。

蔡经理不耐烦透顶，索性调了静音，任那边急急令下。

雷励会意地笑："有时候，黏得太紧也挺受罪！"

蔡经理大吐苦水："你终于知道了，关心过了头就成了监管，我哪有一点自由，你那时候不也是？怎么，你还是把何文可甩掉了？"

雷励苦笑："她那种爱，把人逼得喘不过气来！每一天都神经紧张——"

他们上了出租车，蔡又不安地取出手机看。

雷励转头看窗外，天空是淡淡的蓝，云朵是薄薄的白，杨花轻轻飘洒，那悠扬散淡，使他怀念一种感觉，使他记挂一个名字。

他从没忘记的感觉，他一直寻找的名字。

兜兜转转，绕了一圈，他才知道自己要的爱。

可是蓝白，你在哪里？

出租车刚在公司门前停下，眼前就闪过一个人影，一把拉开车门，把蔡经理扯了出来。

正是蔡的监管女友，她怒气冲冲地喊着："三点五十分的飞机，现在四点半，四十分钟我打了十次电话，你为什么不听？"

蔡经理低声解释、赔罪。

"我不信，我不管，以后我懒得找你，你也别找我！"

蔡经理满脸赔笑，故作惊喜："怎么能不找呢？你昨天不是说有一间餐馆叫什么'懒得找你'吗？我请你吃饭好吧！"

雷励本来想走开了，突然停下，顺口问一句："什么？你说那间餐馆叫什么名字？"

蔡的女友熄了火气，说："'懒得找你'，名字有意思吧，听说菜蛮好的，我这里还有优惠券，做得蛮精致！"她心情好了，邀功似的从包里翻出一张浅蓝调子的彩印纸。

雷励随手拿来扫了一眼，心里咯噔一下。

那餐馆的文案写着——

我懒得给你电话，是因为不知道说什么你会满意。

我懒得跑去见你，是因为喜欢一个人偷偷想你。

我懒得讨你欢喜，是因为我笨到不会表达自己。

我懒得说有多爱你，是因为我把话放在眼睛里。

雷励不知是悲是喜，只是喃喃地说："是她，是她。"

14

蓝白竟然会开餐馆？

雷励站在玻璃窗外，向精致的小店里张望，柜台前低着头算账的女子，可不是她吗？

他压抑着激动，故作镇定地推门，向女侍点头，慢慢地向柜台走去。

"我来了——蓝白。"

蓝白悠然地抬起头，笑笑，她瘦了，但是依然从容："我早看见你了。"

"你怎么不叫我？——懒得叫？"雷励打趣。

蓝白抿着嘴点头一笑。

"这店真精致，有风格，舒服，真舒服，让人有种宾至如归的感觉呢！"雷励随意地在店里转转，这摸摸，那碰碰。

"客人都这么说。"蓝白淡定地说。

"听说这里的私房菜很棒！"雷励饿了。

"我给你做几个小菜吧。"蓝白拉开椅子让他坐下。

"你什么时候学会做菜了？"雷励诧异。

蓝白笑而不答，轻盈地走开。

雷励跟去厨房瞧，蓝白扎着围裙，神气严肃，手脚麻利地热锅、下油、快炒。

"这可不是你的风格，不够懒得呢！"雷励在旁边笑。

等到柑橘蜜煎金蚝、麻辣青瓜卷、干烧大明虾、香芋梅子鸭一碟一碟地、香喷喷热乎乎地盛上来，摆在他的鼻子底下时，雷励忍不住赞叹和讶异，重复说了一句："这可不是你的风格啊！"

蓝白静静看他大快朵颐，风卷残云，慢慢地说出一句："那天起，我就决心烧最好的菜给你吃。"

雷励停住筷子，抬眼看她。

她的神情依然是淡淡的，好像在谈一件小事。

"竟然想到开一间餐馆，每为客人烧一个菜，我就会想，得把手艺操练好，因为有一天，我也要烧给你吃。"蓝白笑笑，"只是不知道，什么时候能等到你，我常想，不要等上一辈子啊。"

"对不起，我让你不快乐。"雷励喉咙哽住，他过来拉蓝白的手，感觉手心有点粗硬，那是在油烟里劳作的结果。

"是的，是你让我不快乐，再没有以前的快乐。"蓝白轻轻叹息道。

"我一直找不到你，后悔了很久，很久，见到你又高兴又害怕，怕你会赶我走。"

"我才懒得赶你。"蓝白笑。

"那我求你让我留下，永远都不走。"雷励赖皮地说。

"随便你，我才懒得管。"蓝白深深地笑了。

雷励更紧地握住她的手。

15

这是个闲闲的下午，客人不多，蓝白在柜台后想打个盹，这时，门开了，进来的竟然是，何文可。

她还是老样子，看上去有点拘谨老实，但是，蓝白心里冷笑了一声。

只是先冷笑出来的是何文可。

她笑着径直坐在蓝白面前。

"我就知道你才是最厉害的角色，稳坐钓鱼台，好像什么都懒得争，最后还是乖乖回到你手心里来！"

蓝白笑笑："我早说过，是你的就是你的，争什么。就像汉水杯，你争着要去，不也是空手回来？"

"还说汉水杯，什么时候的事，你现在有必要在雷励面前吹风吗？"

"我只怪自己说得太晚，怪自己有时候太懒了。"

"别在我面前装什么脱俗了，开餐馆啊造名气啊私房菜啊，也真够煞费苦心了！"

蓝白不动气："你的心情我明白，愿意怎么说都行，我懒得辩解。"

"看来在这种事上，再懒的女人也会变得勤快啊。"

"难道我不应该谢谢你的指点吗？"

"算了，还是你运气好，不用争什么，最后成功的还是你。"何文可悲哀地说。

"我成功吗？我成功当初就不会给他机会走，要绕这样一个大圈回来，要这样才长了脑子看人。"蓝白的语气有点硬。

何文可气结，恶毒地说："男人嘛，都是苍蝇，一会儿这边飞，一会儿那边飞，你别以为他就停在你这儿了，我们公司新来的秘书小夏，年轻漂亮，雷励出差总带着她，你别以为只有你一个！"

蓝白打了个哈欠。

何文可愤愤离开。

16

"雷励，这一次到香港，得几天啊？"

"三四天，我很快回来的。"

"一个人凡事应付得来吗？也不带个秘书？"

"有秘书，放心。"

"谁啊？我认识吗？"

"新来的，你不认识。"

"嘻，女的？"

"是女的，你别瞎猜，人家正派得很。"

"我才懒得猜。"

"雷励，干什么呢？"

"开会啊，有急事吗？"

"没急事，问问你，想你了好像。"

"好好，待会再说。"

"雷励，怎么刚才电话没人听啊？"

"我洗澡去了。"

"我看到香港有冷空气呢，有衣服吗？"

"有，放心吧。"

"晚上出去吗？"

"不去了，早点睡觉。"

"小夏呢？不过来说说话吗？"

"不知道，早睡觉了吧。"

"对了，胃药吃了吗？"

"刚才你不是交代过了吗？我马上就吃好吧。"

"雷励，你在哪里啊？这么吵啊？"

"和客商到外面坐坐。"

"不是夜总会吧，怎么有女人笑得那么放浪呢？"

"你别瞎说。"

"你少胡来啊，小心染病。"

"蓝白你怎么这么婆婆妈妈啊！烦死了！"

"你这个人，从前是谁嫌我不关心你不问你的，这不是为了你好嘛，我懒得和你吵，没心没肺的！"

雷励无奈地放下手机。

蓝白委屈地撂下电话，她的心紧得喘不过气，头很疼，却睡不着。

窗外的月光洁白干净，洒了一地，她不去看，懒得。

风过长窗，银铃被牵动得丁零清响，她不去听，懒得。

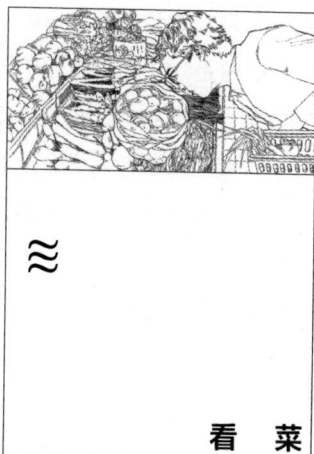

看　菜

1

贝拉知道自己未免太奢，一个人吃饭也要四五六碟，其实哪里吃得下，兴许排场惯了，就爱那满满当当的热闹。

又点了清蒸元贝，完全是出于习惯，早前她爱上这味菜，爱到每餐必备，然而即使是清蒸，这样频密的吃法，也腻到了喉咙底儿。

她嘘了口气，用筷箸头碰碰盘子，算是宠幸过了。

一条短信，她支着筷子，漫不经心地看手机，嗤地一笑，康进这个男人，还真想把痴情进行到底啊。

他的那些长短句，不能不说是用了心思的，也饱含着浓度不低的感情吧，第一次收到的时候，她不也是兴奋地红着脸，跑到办公室里读给所有的员工听吗？那些家伙们的欢呼鼓噪，不管是真心实意还是故作夸张，不也是带给她整整一天的漂亮心情吗？

可如今她腻了，就像那碟清蒸元贝，原料是一级的，厨师也一流，但现在看到就怕，一眼就饱了。

好像是昨天吧，在停车场看见康进的背影，又是黑色西装冷硬的线条，微低着头，每一步都踱得很方，可以想见人家正拧着眉头扶着眼镜苦苦思考人类命运呢。

她突然感到轻微的厌烦，这感觉就像一种不佳的气味，尽管只是细细一缕，足以败坏整个空间的清爽。

所以她宁愿躲在车里，足足十五分钟，估摸着那人上了楼，才施施然走出来，谁料出口转弯冷不防他又挡在前面，这不散的阴魂，惊得贝拉叫了一声。

"看到你的车，估摸着你这么久也该上来了。"他稳稳地说。

贝拉笑笑道："原以为你头上四只眼就很厉害了，哪想到后面也长了一对。"

康进顶了顶眼镜，有点尴尬地咧咧嘴，一招一式都讨她嫌。

男人不就是桌子上的菜，没有未免寒碜，可要是天天都上那一道，凭他山珍海味，佳肴也会失了味道。

她无聊地叹口气，扒了几口上汤菜心，扬扬手叫买单。

领班体贴，小心问，这些菜都没吃过，要不要打包？

她随口说道，打吧，打吧。

还没到一点，公司那些员工该在捧着盒饭嚼舌头吧，现在拎着这些回去，顺便做个人情也好。

她回到公司，放下大包小包，张扬地喊了一嗓子，大家都坐拢过来挑肥拣瘦。

她轻松地甩甩长发，回头独见卢婉没动。卢婉是新来的文员，平易清秀，身骨细薄，活儿干得还算麻利，就是不大说话，凡事只楚楚一笑，有可怜见的意思。

贝拉从挨挤的人头里抢出一盒菜，扯了块报纸垫在下面，直直地放在卢婉面前。

"吃这个，清蒸元贝，女人吃了能美容。"

卢婉感激地站起来，连说多谢贝经理，太麻烦贝经理了。

贝拉大咧咧地摆摆手，不在话下。

2

贝拉真正开始注意卢婉，是周日那天去博爱医院。

表姐生孩子，她开车送老妈去探望，电梯久等不至，产科不过在三楼，她们干脆爬楼梯上去，走到二楼，远远地见到一个女子站在露台上哭，那哭声很折磨人，像是要把五脏呕出一般。

"哭成这样，干吗啊？"贝拉瞥了一眼，觉得背影很熟。

老妈叹口气："来这层楼的女人，都是打胎的。"

贝拉有点胆寒，忙三脚两步上楼去了。

表姐产房的窗户下面就是露台，贝拉不禁又去看，那女人还在哭，她身边晒着素白的床单，白床单被风吹得像滔天的浪，她细薄的身子像要被那白浪吃了。

忽然她转过身，那张仿佛已经哭皱了的楚楚的脸，贝拉几乎叫出来。

卢婉。

揣着这个秘密，贝拉周一提早来到公司。平常卢婉是公司最早的一个，她是个伶俐人，总能在大家来到之前，煮好了咖啡，调好了室温。

今天她果然比以前迟了，贝拉冷眼旁观，见卢婉匆匆忙忙地赶进来，刻意化了浓妆，遮住了惨黄的脸色。

她竟连假也不告半天，和平常一样干活，跑来跑去，有点艰难，但不细看，谁都不会发现。

这么能逞强，贝拉冷笑。

中午吃饭，她吃的只是一盒极普通的青瓜肉片饭，汤盛在塑料碗里，上面漂着几叶西洋菜。

不知怎的，见她低着头吃饭的样子，后颈细细的，弱得像根芦苇，贝拉心里突然有些难过。

她向来讨厌一切脆弱的情感，便只好借助麻辣的出手。

"你不要命了，敢喝西洋菜汤！"贝拉过去一把抄起汤碗，递给近旁的小许，"给我泼了。"

卢婉惊讶地瞪着她，压不住的怯。

小许笑道："贝经理，你锦衣玉食，哪知道我们小文员的民生，我们不喝这个，难道要喝鱼翅汤？"

贝拉也笑了："好好，我请客，打电话去林记，一人一份老鸡炖当归。"

小许叫："天哪！我们男人不用这样补吧。"

贝拉挥手："你爱要不要，不要最好，我们卢婉吃双份！"

卢婉一边赔笑得很小心。

晚上加班，卢婉要打印的文件足有一尺，她站在复印机前，高跟鞋跟细细的，站得腿都抖了。

贝拉走出来唤："卢婉，你先进来帮我打份文件，急用的，文珍，你过去顶她一会儿。"

卢婉进得经理室来，贝拉让她坐沙发上。

贝拉正打着文件，嘀嘀嗒嗒指点如飞，眼睛盯着显示屏，嘴里却说："知道不？西洋菜最最寒凉，刚小产的女人吃了，会死！"

卢婉的心悬着，坐也不是站也不是。

贝拉仍旧不看她："我里间有张床，床单是新换的，你撑了一天，够受的了，现在给我去躺一会儿，听到没有？"

卢婉期期艾艾地："贝经理，我没什么，我不累。"

贝拉生气了："你听得懂我说什么，我吃饱了没事干啊？昨天我在博爱医院看见你哭，你不用在我面前装。"

卢婉抿着嘴唇，到底忍不住一串眼泪。

贝拉只好软了口气："好了，大家都是女人，总要互相担待些，你放心，这事我不会让别人知道，你现在好好歇歇行吗？"

卢婉说了声谢谢，满脸感激地往里间走去。

贝拉忍不住又多问了句："那个臭男人是谁啊？"

卢婉低低地说："我都不知道——"

贝拉打断她："算了算了，咱们谁都别提。"

等她终于听话地进去小憩，贝拉重重呼出口气，摇了摇头。

3

贝拉是那种做起好事就不顾一切的人。

那个念头，是她看到卢婉租的小房间开始的。

卢婉和同乡共租一个小阁楼，顶楼水压不足，常常没水，连去趟洗手间也要跑下楼，房间奇窄，刚刚放下一张床，转个身都会磕到膝盖头。

卢婉有些局促，她在这个城市本来朋友就不多，像贝拉这种更少。贝拉坚持要来做客，卢婉是又感激又羞愧。明艳如贝拉，一进门就映得小房间更寒碜，卢婉不知如何招待她，连杯像样的茶都没有。

贝拉倒不跟她客气，四周看了一遍，出口就说："女人应该过好点的日子，卢婉，我不准你这样过日子。"

卢婉能说什么，谁都愿意过好日子，但有些东西是贝拉的生活所无法想象的。于是她还是如常一样笑笑而已。

贝拉说话的时候，听到手机在包里响，她百分之百肯定那是康进，今天上午她故意不接他电话，他就一直打，每隔十分钟一次。

她突然灵机一动，接了电话："康进，好，我今晚有空，潮州菜吧，还有，我给你介绍朋友。"

放下电话她径自去翻卢婉的衣柜："不行，你得跟我去买衣服，我买什么你都要穿，听话，我要让你过上好日子，好了快走，现在就去。"

贝拉且行且道："这个男人有钱有为人好家世好，他的律师事务所就在我们楼上，长得也不差，就是有点闷，还有太听老妈话。不过这有什么呢，关键是能让你过上好日子，女人就要找这种男人。"

根本不容卢婉说不。

这个晚上于康进来说，真的很意外。

约了贝拉一个，却来了三个。

他看到贝拉挽着个穿短装皮夹克的男人，一路耳语着进门，心里先凉了大半，也没注意跟在她后面的女子。

直到贝拉把那女子推到他面前，他才匆匆看了一眼，她完全不同于贝拉，雪白外套有古典的韵味，而那楚楚的情态又仿佛不胜凉风一般。

贝拉张罗着让她坐在他身边，灿舌如花般尽说她的好，康进只是笑得很有礼节。

然而他还是得体的，点菜斟茶寒暄，尽管她是个不相关的人，他还是在餐桌上把她照顾得很好。

直到贝拉和男伴先行告退，制造机会留下他俩的时候，康进才终于沉默了。

他给自己倒茶，不知想些什么，满了水还不知，卢婉提醒他时，才发现面前桌布已经湿了一片。

卢婉动作麻利地扯过一张干净的餐巾，细致地铺在水渍上面，回身这么一笑，非常善解人意。

康进说谢谢。

"你如果有事，我可以自己回去，没关系的。"卢婉轻轻地说，"谢谢你的晚饭，不过，贝经理的话，你也别介意。"

康进反而笑了："为什么？"

"我哪有她说得那么好，她是一心为我，但是也不该装假啊。"

"是吗？那你装了什么假呢？"康进饶有兴趣。

"譬如，譬如我身上这件衣服，就是今天她带我买的。"卢婉老老实实地说。

康进笑了，他觉得眼前这个女子有点可爱。

"去兜兜风好吗？湖边的夜景很美，只要你不怕冷。"他有了兴致。

卢婉微笑着同意了。

4

那晚贝拉出了门就和皮夹克说BYE，男人热切地讨个再见的时间，贝拉甜蜜地说："想见时，我会给你电话的。"重重关上车门，心里有气，嗬，不过随便拉过来凑个数，他还真把自己当碟菜了。

她把车开上大路，油门一踩到底，好像甩开什么东西一样，开着一点窗，风是寒爽寒爽的。

她心情不错，有造物的成就感，这让她有了新发现，慈善是快乐的，助人也是快乐的，因为别人的幸福，有时这么仰仗你的一念一举间。

她成就了卢婉，卢婉不再可怜凄惨，如同救人一命啊，实在觉得自己了不起。

十一点她兴致勃勃地拨了个电话找卢婉，大声问卢婉怎么样。

卢婉的声音有些犹豫："哦——我们还在外面。"

"还在外面啊，什么话那么长要说到十一点啊？"

"我们在湖边散散步。"

"大冷天发什么神经去湖边散步啊？风那么大不冻死你！"

"我不冷，穿了他的大衣。"

"不冷也得早点回去，明天活儿多，迟到一分钟我扣你半个月奖金！"

听到卢婉应是，贝拉这才放下电话，还带着些愤愤。

厉害，可不是一见钟情吗？第一面就难分难舍了。

还真够浪漫，湖边散步吹吹风，康进什么时候这么有情调了？

这么快就一口一个"我们"了，还穿了"他"的大衣，真厉害！

可见男人是什么，白天里还满口地讲爱掏心，晚上就新片上映，进入角色，可是比上菜还快。

她有些轻微的赌气，想想又笑自己，这不是你颠颠儿地要成就的美事吗？无端端生个什么闲气？

一碟你不要吃的菜，给了饿肚子的人，不也是救人一命？

然而不知怎的，心里就是有点不痛快。

再说康进卢婉，两人的感情进行得出奇顺利。

康进说不上有多爱卢婉，但的确喜欢和她在一起的感觉，仿佛和风扑面，林中踩着落叶散步，又好像月下淌着银子般的小河，自在，安然，又清静。

　　有时他甚至惊诧自己，何以追了贝拉那么久，用了那么多时间、心思和尊严去领教她的冷酷和拒绝。

　　想来是因为自己从小的习惯，越难征服的东西越要勇往直前去试试，以此验证自己的恒心和能力，就好像解高数疑难题，就好像高考专找大热的专业报。

　　若还有，就是老妈说过的话。她老人家千年不来，来一次偶然见了贝拉，喜欢得不得了，留下一道圣旨就回去了。

　　他接旨一看："儿子你要真有本事，就给罗家娶个贝拉那样的媳妇！"

　　于是只好——"奉旨"追她。

　　也亏得一路追她，才得她撮合，认识了卢婉，这个机缘来得多么奇巧，因为卢婉，他才知道什么样的女子是自己想要的。

　　这个星期他甚至打算和卢婉去看房子，不急着买，慢慢看，要买一幢他们都喜欢的房子，然后安定下来。

　　他想，这是个他愿意和她安定一生的女人。

5

　　贝拉发现，卢婉漂亮了。

　　脸色换了层皮似的，红润如新鲜的桃子，皮肤又好得不行，远看是，近看也是，没搽粉，就是熬夜加班，都不长痘痘。

　　这爱情，可把她滋润的呀。

　　贝拉暗笑，又忍不住明里揶揄："昨晚上又在康进那儿加班了吧，难怪今天这么乐呢。"

　　说得卢婉窘，贝拉就哈哈笑，一边压低了嗓门，用了贴心的语气："虽然康进不错，但女人还是要悠着点，太便宜了人家就不珍惜，男人都这样。"

卢婉感激她的忠言，见她杯子里的水不热，忙续上一杯。

贝拉端起杯子吹吹气，说道："我没介绍错吧，他对你不错，是吗？"

卢婉点头，真心实意地感激："如果没有你帮我，我都不知什么样了。"

贝拉一笑，忽然又蹙起眉头："那件事，他知道吗？"

卢婉沉吟着："我正想着该怎么跟他说。"

贝拉摆手："不能说，绝对不能说，就是他发现了问你，你也要打死不承认知道吗？"

"这样我会不安，他对我很坦诚，连多年以前的一夜情都明明白白告诉我，我怎能——"

"是吗？康进也玩过一夜情吗？他倒没跟我说过。"贝拉笑了一声，"那也不能说，男人骨子里都是大男子主义，什么豁达大方，全是装的。"

卢婉满脸心事地看她一眼，没说话。

这时，有人没敲门就噔噔噔地冲进来，来的是贝拉的大学女友阿碧，永远八卦势利大惊小怪风风火火的女人。

贝拉骂她："哪阵十二级台风把你刮来的，半年都不见人影。"

阿碧兴奋地嚷嚷："等着收花吧，我看到康进那小子抱着那么大一束玫瑰，金黄色的呢，一定是日本空运过来的，这小子耐力还行啊，出手又大方！"

贝拉没搭腔，卢婉看她一眼，连忙先行出去，贝拉最爱面子，她得挡在康进前面拦住这束花。

还是慢了一步，康进已经站在办公室中央，他捧着金黄色的玫瑰花，在众人的欢呼里有些不自在。看到卢婉，就如救兵突至，他忙把花束往她怀里一塞。卢婉小声道："你今天这是干吗？"康进道："今天妇女节，金黄色的玫瑰代表，喜欢和你在一起啊！"

大家没注意贝拉和阿碧也走了出来，阿碧是一脸好奇和满肚子可疑，卢婉不敢看贝拉，心里只是急。

谁知贝拉笑得咯咯响，她走近那玫瑰来，装作一嗅，手指轻轻弹了弹花瓣，才叹口气道："康进啊康进，你几时这么长进，要是你当初也这么浪漫，我哪里就舍得甩了你？"

大家面面相觑之时，她已经迈着步子出门而去。

阿碧回头看他们一眼，才恋恋不舍地跟了出去。

6

人都有这点毛病，他人盘子里的菜好像格外可口，老婆是人家的好，老公情人男朋友也遵循以上定律。

贝拉觉得康进似乎不是她认识的那个康进。

他发短信给卢婉，贝拉抢过来看，没有从前那些废话，就两个字，实实在在暖人肠子："想你。"

又或者："小心空调冷着你，添衣！"还有那次加班到十二点，他还在等着的："慢慢来，我等得起。"

他也可以，可以这样温柔细心啊！

他们的发展速度超出贝拉预想，不过两个月，已经商量着去试婚纱。

当时她坐在外面的沙发上，百无聊赖地翻杂志，忽地就觉得自己有点伶仃，人家成双成对地在里面换婚服，她倒像是被扔出局的一个，年轻的女店员给她端来一杯矿泉水，不住地瞥她，其实是她的美艳一贯惹人注目，贝拉却以为那是同情的目光。

那对人隆重地走出来，她冷着脸上下打量，心里倒吸一口冷气，婚纱就有这样好，什么样的人披上都成了华美的公主，卢婉也可以这么美的，美得让她恨了。而康进，无端端地长了这些倜傥和风度，他若做新郎，那新娘定赢得全世界女人的妒忌。

她一脸严霜，装作一丝不苟的帮眼："卢婉，这婚纱不衬你，你看你这么瘦，前也空，后也瘪，哪里撑得起来？"卢婉觉得也是，又拿了另外一套去试。

康进坐在沙发和贝拉一起等。

贝拉随口说句："现在就试婚纱，未免早了吧。"

康进笑道："本来想搬进新房子再来，但是她想试，女人都这样，做梦都想看看自己穿婚纱的样子。"

贝拉喊着："房子都买了啊，太快了吧，你对她知道多少？"

康进奇怪地看她："我想我知道的够多了。"

"够多，你知道她曾经怀孕打胎吗？"

"我知道。"

"她什么时候说的？她到底还是说了？"

"她什么都告诉我，这有什么呢，那是我认识她之前的事。"康进不以为然地说。

贝拉隐隐有些失落。

人若顺了，调子就高，卢婉似乎特别爱笑了。

上班时间，一大堆活儿等着，她却和文真扯着张报纸叽叽咕咕。

贝拉走过去喝一声："不用干了，都当少奶奶了。"

两人嘻嘻哈哈抬头，文真道："贝经理你来得正好，我们正说房子呢，卢婉的别墅在丽水，还有个大花园呢。"

贝拉道："嗬，还是丽水的别墅呢，我都买不起。"

文真忙笑："哪能呢，你的房子当年可是卖得比丽水贵。"

卢婉也笑着说："是啊，虽说花园只有一点点，但是贝妈妈打理得多漂亮。我和康进正愁呢，丽水的花园太大了，我们都不知道怎么收拾，只好请了个保姆。"

贝拉一听气就上来了，她冷笑道："是啊，我家的花园只有一点点，可总比你以前租的房子大。"

卢婉只好赔笑："那是，那是。"

<h2 style="text-align:center">7</h2>

这年头，忘本可比谢恩快，抓根鹅毛就以为飞上了天，也不掂量掂量自己几斤几两。

几天了，贝拉还是有点生气。

这日却是康进有事求她。

他家老妈今晚到，他在香港公干却要推迟两日，算来算去只好找她，又能开车接送又是旧相识。

贝拉道："你还认得我，你还记得你老妈？有了贴心的小媳妇，住着大花园别墅，还要这些不相干的人干吗？"

康进在电话里只是呵呵呵。

贝拉半假半真地说："我说真的啊，如果现在，我又不想把你给别人了，怎么办？"

康进笑道："你肯定是说假的。"

贝拉恼他不解风情，只好找个台阶下："亏你还聪明啊，我要你回来做什么，食之无味，弃之不可惜。"

康进还是呵呵呵。

康妈妈喜欢贝拉，大约是物以类聚、惺惺相惜的意思，这位康妈妈，退居二线之前是某省厅级领导，年轻时也一样漂亮好强又泼辣。

老太太见面第一句就是："贝拉，进子追不上你是不是？没用的东西！"丝毫不顾及旁边的卢婉，还好她不介意，只是笑得有点勉强。

干接待是贝拉的强项，这两天她使出浑身解数，带着老太太吃喝玩乐，逗得老人家开心得不行。三个女人一起，卢婉倒成了陪衬，是可有可无的外人，哪里给她准媳妇的表现机会，贝拉把风头抢得一丝不剩。

连去洗手间老太太都要贝拉陪，两人说笑着在大镜子前洗手，康妈妈从镜子里看贝拉，自言自语道："看来看去还是我们贝拉好，人多漂亮大方，拿哪儿去都不丢分儿。"

贝拉笑着："可惜咱没福，康公子看不上咱。"

康妈妈皱了眉："怎么就找个那样的女孩，小眉小眼的小家子气，一点都没福相，看那身子骨单薄的——"

贝拉扯了张纸巾擦手，随口道："可能是以前打胎把身体搞坏了。"

康妈妈忙拉住她追问："你说什么，打胎，打谁的胎？"

贝拉懊悔自己失言，却更加支支吾吾："我也不知道，哦，她也不知道。"

康妈妈黑了脸，不再说话。

贝拉知道自己闯了祸，心情忐忑，再回来也不像刚才那么表现，康妈妈只阴着一张脸，直说自己累了，卢婉摸不清她俩干吗，也不敢说什么，大家一路无语，各自早早休息。

犹记得那晚送她们回丽水，康妈妈先上去了，卢婉又折回来，隔着车窗探过身子，诚心诚意地说："贝经理，康进今晚回来，明天就不麻烦你了。这两天多亏你在，帮了我不少忙，真是太谢谢了。"

贝拉心虚，含糊地客气了两句，车开时，在后视镜里仍见她微笑着站在夜色中，还是不胜凉风的弱，遥遥地挥手。

那样郑重的道别，莫非，她早有预感。

那是贝拉最后一次见卢婉。

8

贝拉不知道那晚发生了什么。

她只知道卢婉再也没来上班，楼上康进的律师事务所贴出内部装修的红纸。隐约听到他的女秘书说，康妈妈病了，康进要在老家照顾一段时间。

老太太该不是气病的吧，还是病于一场大吵后，那场大吵，贝拉该有数。

那卢婉呢？

她的电话从关机到过期，永远无法接通。丽水康宅的保姆说，她早就走了，没人知道她去了哪里。

卢婉的旧桌子，那束金红色的玫瑰早就黑了，没人想到替她扔掉。

桌子上还有丽水别墅的宣传单，卢婉刻意地保存着，谦卑惯了的人，那小小的虚荣心。

生活好没意思。

她仍一个人吃饭，去新的餐馆，不知不觉就点了五六碟，吃是吃不完的，她想自己的胃口不贪，贪的是眼。

她是这个时候接到卢婉电话的，她在街上，公共电话，后面是往来的车，她细细的声音在嘈杂里浮沉。

"我在广州，没事儿，就是想给你报个平安。"

"只能走，没办法，楼上楼下的见了，多没意思。"

"别找我，更别告诉康进我打过电话。"

她喘了口气："我挺怀念那段开心的日子，虽然短，但真的开心啊。"

"还有你，你对我那么好，我都记着，一直以来我都想喊你声姐姐，又怕你骂把你喊老了。"

贝拉握着电话，喉咙堵得紧，她一个字也说不出来。

这顿饭吃了这么久，吃到人家打烊。

她仍握着筷子发呆。

领班过来问："小姐，这些菜都没动过，要不要打包？"

她突然异常烦躁地喊起来："打什么包？统统给我放下，谁敢动我盘子里的菜试试，老子就是点来看的！"

领班表情怪异地退下了，现在他们再不敢来烦，都站得老远，等她下班。

她终于撑不住，趴在桌上好久不起来。

瘦 身

1

午饭时间，高岗站在大厦门口，有三三两两的男女陆续出来，他极目寻着，目标还没出现。

有认识他的女孩走过，欣羡地点点头，随口说："柳眉就下来了，我看她刚送文件去经理室。"

他笑着感谢。

突然，一个女孩火球般地蹿出来，连跑带撞，频频碰人，也不回头，气冲冲地冲到高岗面前，低着脑袋撞了下他的胸口，嘴里嚷嚷着："减肥！死也要减肥！"

高岗揉揉胸口，哭笑不得地看着她，小巧丰润的身材，辣子般火艳的衣裙，嘟起来的嘴，像个小花骨朵："眉眉，去哪里吃饭啊？"

"你听到我的话吗？我死也要减肥，还吃什么饭？"

　　高岗见怪不怪："那也要再吃一顿誓师宴吧，吃完咱们再减。"

　　柳眉犹自唠叨："气死我了，你知道那个吴萱萱叫我什么？她叫我柳——肥！！而且还是当着曾经理的面！狐狸精！气死我了！"

　　高岗一边嗯嗯地听着，一边拉过她的手，朝路西的美味老家走去。

　　记不清这是第几次说要减肥了，跑步、吃药、节食、纤体，还有什么独门的瘦身汤、针灸、香熏，甚至瑜伽，高岗都陪柳眉试过，当然都不了了之。她缺乏耐性，而且最重要的，她嗜吃为命，面对美食，毫无抵抗之力。

　　减什么肥呢？

　　高岗斜眼看她，饱满光泽，像一颗圆润的糖果，香，甜，鲜艳，醇厚！

　　哪里都刚刚好，一点也不肥，他就是喜欢这样的她。

2

　　可惜柳眉不这样想。

　　吃了饭，高岗被老板急召回店，她一个人就这么一路地逛回来。誓师宴的饱餐把胃撑起来了，沉沉地，有堕落感，有罪恶感，感觉浑身上下都是多余的脂肪，笨笨地，滞滞地，尤其是看见橱窗里张贴着瘦出锁骨的美女，细削的手脚，精明利索的骨骼。

　　"小姐，进来坐坐好吗？"一个女子友善的声音。

　　"哦？"柳眉回过神，才想到看这店的招牌——甲甲瘦身家园。

　　那身穿浅紫套装的女子再次殷勤地唤她："小姐，进来看看，也许可以帮你。"

　　柳眉本能地恼火道："你的意思就是说我长得肥嘛！"

对方有点尴尬，这时里面又走出一个中年女人，纤长优雅，她微笑着，胸有成竹。

"小姐，肥和瘦都可以漂亮，我们的意思是，也许您偶尔试一下瘦身，会发现自己另一种漂亮，也就是说，换换形象，就好像换个发型一样，对吗？"

这话叫人没得发脾气，似有一股魔力般，柳眉乖乖地跟她进去。

只不过是一间再寻常不过的美容院，陈列架上的大小瓶子，沙发，灯光，音乐，这些柳眉熟悉得很，多少次，她满怀着改天换地的革命热望，进来，坐下，掏钱，任人摆布，来来往往，然后疲倦，失望，放弃，再来一次——所以她不由得打了个哈欠。

"怎么，兴趣不大吗？"中年女人问。

"呵呵，我没什么信心。"

"嗯？"

"我这人特爱吃，懒惰，而且没有恒心，不瞒你说，市面上凡有过的减肥法我都试过了，没用，所以，谢谢你们，我还是——"

"我保证你没试过这一种。"中年女人飞快地打断她。

"我做不到节食，也不想吃什么营养配餐。"

"你完全可以百无禁忌，大吃特吃。"

"我不想吃什么药丸。"

"绝对不用服药。"

"我不想人虽瘦下来，但挨得面青青。"

"保证你的脸蛋像红苹果。"

"我受不了周期太长，像半年啊一年的。"

"三个月怎样？"

"能减多少斤？"

"你现在体重多少呢？"

柳眉迟疑了一下，说："一百一十二斤，吃饱了称的，昨天。"

"那么，最少减去二十斤，怎样？"

"不反弹？"

"绝不，只怕到时太瘦，你会后悔。"

"绝不后悔！我想瘦都想疯了！"柳眉兴奋地大叫，"要不要签合同？"

"那是一定。"中年女人颔首道，"但是，你要依我的话去做，如果你没做到，影响了效果，责任在你。"

"要做什么啊————"柳眉有点儿紧张。

中年女人笑道："你放心，非常容易，你要做的只是，每周一下午和我谈一个小时，我给你建议，你遵守。"

"怎么像心理医生？"

"对，我们的瘦身法是从情绪入手，这才是根本。"

柳眉瞪着她，听不明白。

中年女人说："如果你不相信，我们可以等到见了效果之后再收钱，现在，你只要交五十元定金。"

柳眉似懂非懂，眼看上班时间就到，她来不及多问，先交了定金，而合同早已送到眼前，柳眉大致看了看，跟上面说的不差分毫，就爽快地签了字。

中年女人把她送到门口，送上一张名片，只有名字——郑倩。

"叫我倩姐好了，记得，下周一下午三点，等你。"

柳眉点头说好。

3

高岗一口咬定是骗局："说不定下周一你去，他们早卷铺盖了！"

"那她骗我什么？难道就骗我五十块定金？"柳眉不服气。

"那也不奇怪，如果一天他们能骗倒十个无知少女，车费就够了。"

柳眉本来也觉得这事有点蹊跷，但可恨高岗的神气，偏偏要跟他对着干！

"我愿意，我愿意给她骗，五十块我还嫌少呢！"她任性地扬着脖子，"我偏去，我个个星期都去，去给她骗，你又怎样？"

说完顺手往他肩上打了一记。

高岗只好摇头封口。

约定的周一下午到了，柳眉特意让高岗请了假过来陪她。

谢天谢地，甲甲瘦身家园的招牌还明镜高悬，大门和橱窗都敞敞亮亮。

早有紫衣女子过来迎接："柳小姐，倩姐已经准备好了。"

柳眉回头得意地瞥一眼高岗，高岗正待说话，手机大响，他出去接电话，说了几句，匆匆进来："老板急召，我一会儿来接你。"

"去吧，快去吧。"柳眉不耐烦地催他。

高岗一笑，走了。

柳眉继续往里走，左拐，再走上一段长廊，看见一道打开的门。

倩姐在那里笑着等她，她穿着一套家常的休闲服，浅蓝色，襟上有竹子的暗花。

屋里是和式的装修，简单而舒适，唯一令人不安的，是墙纸的颜色，紫红色的碎花，好像是陈年迸溅的血迹。

她俩在榻榻米上盘腿坐下，柳眉面前，是一碗茶，缕缕的水汽。

"他是你男朋友吗？"倩姐随意地问。

"你怎么看到的？"柳眉奇怪。

倩姐不答，只是从地上拾起一个遥控器，一按，左边墙上随即缓缓展开一面玻璃墙，能清楚地看见大厅以及大门口的景物。

"他很帅嘛！该是很有女人缘的男人。他，对你好吗？"

柳眉有点自负地笑了："别的我不敢说，这一点还是挺满意的。"

倩姐也笑了，清淡地说："柳小姐你很自信，可是——怎么可以对一个男人这么放心？"

柳眉急着补充："我们青梅竹马，三岁认识，十五岁谈恋爱，明年就准备结婚了！"

倩姐依然在笑："时间就是爱的证据吗？我倒以为，危险恰在这里——"

柳眉不解。

倩姐悠悠道来："男人都是喜新厌旧的动物，这不是我说的，这是真理。"

柳眉不同意："高岗一直很爱我，我知道的。"

倩姐笑着看了她一眼："你知道的？只是他在你面前的表现，他在你身后的所为，你又知道多少？"

柳眉语气有点儿弱了："相爱最重要的不是信任吗？"

倩姐鼻子轻轻哼了一声："那是男人哄骗女人的伎俩，你大可以无条件地信任他，他背着你想怎么来就怎么来。"

"我不相信高岗会背着我胡来——不过，你不妨说说，男人如果变了心，会有什么迹象呢？"

"譬如他会很忙，约会的时候电话总是响个不停，但他接的时候，总是走得远远的，解释永远是老板急召加班。"

"万一他真是加班呢？"

"你都会说万一，加班的概率也不过是万分之一吧，你想啊，为什么两个人当初热恋的时候，像糖黏豆般时刻黏在一处，老板怎么就很少叫他加班呢？"

"那怎样才知道他是在说谎？"

"最简单的，还要我教你吗？查他的手机号码嘛，哪一个号码打得最多，即是线索。"

柳眉锁着眉头，在想最近高岗的行踪，他好像确实忙了，电话也多了，总是说加班，真有那么多班加吗？

"一个女人要驾驭她的男人，时刻都不能掉以轻心啊。"倩姐叹道。

柳眉似有所思："好像我还真的不大在意这些。"

"这可不行，多少女人就输在太自信，太大意，不知道枕畔人早已貌合神离，你要知道，一个好男人从你手里雕琢出来，外面多少女人都想咬上一口！"倩姐继续说道，"要怀疑一切，一切都可能是线索——哦，这话也不是我说的，是马克思说的。呵呵。"

柳眉心事重重地告别了倩姐，走出两步，突然想起今天的目的，又折回来。

倩姐还在门口目送，坦然道："我知道你想问，今天的瘦身内容。"

"对啊，我们只是闲谈，并没有——"

"记住我说的话吗？听我的建议，怀疑一切。你必须先把瘦身这件事忘了，我们才能成功，用平常心做非常事！还有，我们的谈话内容，注意保密。下周再见！"

柳眉只好点头。

是的，她现在几乎把瘦身这件事忘了，她现在想着的，是怎样查高岗的手机。

4

这事她没干过，但操作起来其实很容易。

高岗的身份证塞在钱夹里，他洗澡的时候，柳眉就大大方方地抽出来，第二天再放回去，他丝毫不知。

手里这几大张电话清单，浪费了她一个下午的时间去研究，结果，一个尾数是3668的手机号码最为可疑，几乎每天都有通话，少则三次，多的甚至达到八次，而且有二十几次通话超过了五分钟。

目标嫌疑锁定，可是——

下一步该怎么做，找出这人是谁，然后怎么办？她一点也没经验。

晚上两个人一起吃饭，柳眉忧心忡忡，胃口不佳。

高岗以为她嫌菜不好，特意跑去就近的烧腊档买她最爱吃的卤猪寸金。

去得匆忙，他的手机随手放在桌上，柳眉眼前一亮。

还没来得及有什么动作，手机嘀嘀嗒嗒地响了，柳眉瞥过去，心突突跳着，真是巧极，3668打电话来了，正愁没处找她呢！

"喂，你好。"她强装镇定。

"喂！你是谁？"对方真是一个女人，声势显赫的，先声夺人的，她敢，她敢这么霸道嚣张地问她是谁！

柳眉心里的火腾地蹿起来："你管我是谁！你是什么东西？"

"我就知道是你这个狐狸精，不要脸！"

"你才不要脸！还敢找上门来！"

"你等着我撕你的臭嘴！"

"我打断你的狗腿！"

……

高岗提着熟食回来的时候，柳眉正气得流泪。

她憋着满腔的怒火和委屈，一句话也说不出来，只能愤然地起身，把手机往高岗面前一摔，头也不回地跑出去了。

高岗错愕。

周一下午，甲甲瘦身家园，黑衣白裙的倩姐端然恭候。

柳眉在她对面坐下，忙急不可待地说："我照你说的去做了，不过，结果只能证明高岗没有问题！他是爱我的，根本没有变心！"

倩姐微笑地说："哦？"

柳眉忍不住笑道："我查到一个手机号码，结果是他老板的。最好笑的是，刚好老板娘也在查老板的电话，怀疑高岗的，气呼呼地打来，还跟我莫名其妙地大吵一架！哈哈哈，真是好笑死了。"

倩姐也跟她笑了一会儿，然后慢慢停下，轻轻叹口气。

"柳小姐，看得出你是很爱你男朋友的啊！"

"是这样吧，他人真的很不错。"

"你可知道爱得越深，人就越被动，在爱情的规则里，没有五五分成，你爱多一分，他就欠多一分，爱情只会欺负痴心的一方！"

"不会啊，我们之间没有计较爱多爱少的。"

"那是因为你还不懂此中利害吧。"

"说实在的，我不懂你的意思，我比较蠢。"

"哪里，你是单纯而已，男人都喜欢女朋友单纯，因为容易敷衍。敷衍两句，就可以骗得她继续痴情。"

"怎样才能看出他是敷衍呢？"

"譬如他对你的话一律赞同，但是明显心不在焉，譬如他对你的衣服发型一律说好，可是眼睛根本没往你身上看，他不再和你说些让人心跳的话，不再急于时刻和你一起。"倩姐看她一眼，"这是个危险的信号——你对他不再有吸引力了，他没有兴致研究你。"

柳眉攒着眉头听。

"发展下去的结果，是你没本事再守住他，越优秀的男人越容易被人抢走。"倩姐慢慢地说，"所以，你要引起他注意，让他知道，你不是好敷衍的，逼他认真对待——"

说话间，有紫衣女子进来续茶，柳眉听得专注，未及移开的手指被水花烫了一下。

"啊哟，你真是——"柳眉本能地喊了一声，把骂人的话咽回去。

"你可以骂她。"倩姐鼓励道，"骂出来，怎么骂都行，把火气发泄出来。"

"啊？"柳眉诧异。

"这又涉及我们瘦身的主题，为什么会有积蓄的油脂，其实那是压抑不快情绪的产物，气结于胸，沉淀成脂。所以我鼓励你发泄，把火气啊泪水啊不好的情绪当场发泄出来，不要控制。"

"这样对别人不大好吧。"柳眉真是匪夷所思。

"回到刚才的话题，你不是想引起他注意吗？有时候发泄也是一种好法子，最亲密的人面前，更不用掩饰，发发火他会在乎你紧张你。这更是一种极好的试探方法，只有爱你，才会容忍你。"

柳眉极力消化着倩姐的话，她有点头痛。

时间到了，她俩走出门口，倩姐叮嘱："抓紧他，记住，不要克制——"

"不要克制——"柳眉机械地重复着。

"哦，还有——今天我在《广州日报》上看的，说有人为了瞒着爱人偷情，特意买了两部一模一样的手机，号码不同，内外有别，还可以呼叫转移呢，真是高手！男人啊！——随便说说，没别的意思。"倩姐笑容满面地和她告别。

5

高岗终于感觉到柳眉的变化。

曾经是那么晴朗明快的一个人，现在却终日郁郁。有时候，吃着饭，美食当前，也只是一双筷子挑挑拣拣地扒拉着，迟迟不夹进口中，却突然抬起黑眼珠，定定地看人，好像要把他穿透。

有时候又小题大做，无理取闹，那天有意考他初吻的地点，他说错了，这就哭了一个晚上，说他不再爱她了，搞得他也一晚不能睡，险些误了第二天的会。

而且，他发现她检查他的东西，这是以前从未有过的，好像装着玩似的翻检他的口袋，漫不经心地问这是什么啊，谁谁给的啊。还看他的文件，上他的QQ，本是老实的女孩，说谎也不高明，天真地装作好奇状："你的QQ好友真多啊，小狐狸是谁啊？女的啊，好可爱的头像啊——"

高岗想不清楚，突然心里一沉，她，该不是知道了那件事吧。

心里有愧，就格外地担待她些，有时目光晦涩难懂，有时整晚沉默不语，这在柳眉看来，总觉得有块垒在胸，憋得发慌。

终于还是吵了一架。

事情是这样的，那天上班柳眉有点胃疼，本不是什么大问题，却想到是个撒娇和试探的机会，就打电话叫高岗立即赶到。高岗恰巧陪着一个客户，好生为难，但还是冒着被老板臭骂的风险，速速打的救美，紧赶慢赶，还是比柳眉预期的时间晚了半个小时。

一个大汗淋漓，心急火燎，一个满腹委屈，气势汹汹。

"来得这么慢，我早死了！"她叉着腰，语气横横的。

"你到底是不是胃疼啊？你小姐知不知道人家还有很多正经事要干啊。"

"我就知道你不想来，什么都是正经事，我算什么啊，不这样考验一下你，还真不知道我在你心里算什么呢！"

"你是考验我的？我说你真是吃饱了没事干啊！"高岗来气了。

"是啊，我没事干，哪有你那么忙，谁知道你忙什么，跟哪个女人忙！"

"你什么时候见到我跟别的女人忙？"

"你敢发誓你从来没有？"柳眉一半赌气一半试探的。

"我干吗要发誓？"高岗有点底气不足，"我没空和你吵，我忙得要命。"

说完不敢看她的眼睛，急匆匆地走了。

柳眉气结，眼泪肆虐，一边用手狠狠地抹着，一边悲哀地坚定着自己的猜疑。

"倩姐，我该怎么办？原来他真的有过一个女人。"柳眉又忍不住地哭了。

倩姐波澜不惊地点点头。

"虽然只是多年前的一夜情，毕业酒喝多了，而且是那女人主动，可是我心里好难过好难过。"

"不要克制你的悲伤，让它尽情流淌，淌光了，就好了。"

"只是高岗他认错的态度算是挺诚恳的，还哭了，我觉得他也可怜——"

"不能心软。"

"只是事情已经过去了，现在能怎么办？"

"不要忘了前车之鉴！有了第一次，难说第二次。"

"他说现在绝对没有其他人，只爱我一个！"

"你也信吗？他如果是坦白的，这件事又何必让你这么费周折才知道，又哭又闹又自杀的，你敢肯定他没有东西瞒着你？"

"我觉得好辛苦啊。"

"现在不辛苦，以后会更辛苦！记住，不要轻易信他，要时刻提高警惕。"

柳眉的头乱哄哄的。

"难道那个女同学就没再跟他联系过？"

"难道他们只有一夜情，没有两夜、三夜？你也知道，这种事，有了第一次，就有第二次。哪个男人不吃腥？"

柳眉烦乱地看着四周，紫红色的碎花墙纸，好像无数颗血滴子，漫天逼过来。

"就算是他们真的没有再见面，你肯定他心里不再想她？"

柳眉闭上眼睛。

出门的时候，柳眉听到有人在她身后小声说话。

"不信你看那位小姐，身材已经苗条好多了呢！"是紫衣女店员在向客人介绍。

倩姐笑着接上："是啊，柳小姐，我们的瘦身疗程已经开始见效，方便的话，下次请你把费用交一下，好吗？"

柳眉无精打采地说："瘦了吗？是因为我现在几乎没有胃口吃

东西吧，面色青青的。"

倩姐语气肯定地说："这只是疗程的部分，到最后，你绝对会如合同所说，不仅瘦身成功，面带红晕，而且饭量大增体重不增，再也不怕吃得多会影响身材，我保证！"

柳眉无力地笑笑，对这些，她好像已经没什么兴趣了。

6

这段时间，无论对高岗还是柳眉，都是不愿重温的回忆。

无休止地怄气，争吵，怀疑，哭闹，两个人不能在一起和平共处超过五分钟。

分开的时候，柳眉又控制不住神经质地时刻查询高岗的动向，刚开始，高岗还能随时现场报到，时间长了，烦了，干脆不接她的电话。她更烦躁不已，甚至跑到街上打公共电话，听到他的声音，哭喊着："不接我的电话，我死给你看！"他怕出事，又巴巴赶来赔罪赌誓，她发泄一通，在泪光中和解，然而下一次，又周而复始。

疲惫不堪。

周围人都看出了柳眉的变化。

瘦了，起码瘦了二十几斤，像一根细长的火柴，头大身细，而且一点就着，她的脾气暴躁得很，动辄摔桌子摆脸，说她一句，就哭得似汪洋大海，要死要活。

她的脸色经常潮红着，眼睛瞪得鼓圆，跟人说话，说着说着自己先激动了，手里的文件都不住地颤抖。

这天，高岗上来接柳眉。

吴萱萱笑眯眯地说："喂，你怎么摧残眉眉的，看瘦成这样！真是名副其实的柳眉！"

高岗笑道："哪里，她减肥。"

"节食吗？惨哦！"吴萱萱惊呼。

"我才没有那么笨去节食！我现在每天吃六餐，大鱼大肉，可是，裤子还是加小码的呢！"柳眉得意地说。

"这样都行啊，不过，你好像还是胖的时候好看哎！"吴萱萱笑着走了。

"她妒忌！"柳眉撇了撇嘴。

高岗在一旁看着她，有点担忧地说，"眉眉，她说得好像有点道理，你瘦得让我担心。"

"你就不爱我了是吗？"柳眉飞快地说，眼睛紧紧地瞪着他。

高岗叹了口气，轻轻搂过她瘦瘦的肩膀。

"眉眉，别这样了好吗，我好累。"高岗低低地说。

"你终于厌倦我了是吧。"柳眉的手又抖了起来。

"眉眉，我说真心的，如果你不爱我，咱们就分开。"高岗深深地看着她欲湿的双眼，目光复杂："如果你还爱我，咱们就结婚，好不好？"

柳眉把头埋进他的怀里，还是大声地哭了。

终于要结婚了，真美。

柳眉庆幸着，好在及时参加瘦身疗程，要不然怎能身轻如燕，在曼妙的婚纱里摇曳生姿。

她在甲甲瘦身家园的疗程已经全部结束，费用不菲，但是合同上承诺的一切，都一一兑现了，毕竟。而且，倩姐给她的建议，也在某种程度上影响了她简单的生命。

结婚的事务烦琐，她越来越感觉到体力的严重透支，也许是休息不好吧，也许是瘦了的缘故吧，她现在爬楼梯都气喘，头晕，浑身汗，心跳得厉害，好像要冲出胸腔似的。

这天，两个人到医院做婚前体检。

医生着意地看着柳眉，严肃地说："验个血吧。"

柳眉解释道："我们公司上星期刚验了肝功能和两对半，单子还在这里。"

医生还是严肃的表情："这次验的是T_3、T_4。"

"什么是T_3、T_4？"

"我怀疑这位小姐患有毒性弥漫性甲状腺肿，也就是甲亢。"

高岗和柳眉傻眼了："这是什么病？"

"这是一种内分泌疾病，精神创伤、忧虑、悲伤、惊恐、紧张等精神刺激都可能是病因，诱使甲状腺激素分泌过多。"

医生看着惊愕的他们，继续说道："不及时治疗，发展下去，会发生甲亢危象，有生命危险。"

"你怎么断定我就是呢？我没有病，我只是前段时间减肥——"柳眉急急地说。

"病人神经系统兴奋性增高，神经过敏，易激动，脸色潮红，眼球突出，食欲亢进，但迅速消瘦，绝大多数有心悸和心动过速，双手平伸时有细微震颤。"医生说道，"刚才我看这位小姐，手拿东西一直颤抖，眼球突出，皮肤潮红，消瘦，就此怀疑。"

"怎么治疗？危险吗？"高岗紧张地问。

"药物治疗时间较长，容易复发，手术治疗效果会好些，体重恢复得较为理想，特别是你们要结婚，为了将来的孩子着想的话。"

"我会死吗？我好怕——"柳眉的眼泪已经下来了。

高岗只能痛苦地搂紧她。

7

两个人也曾愤怒地找到甲甲瘦身家园。

倩姐依然风平浪静，任凭他们痛斥控诉。

"你去告我？告我什么呢？合同的每一项条款都履行了，你们回去好好对照一下。"

"我做了什么？你有证据吗？我只是谈谈心，喜怒哀乐皆由心生，而你的心只听命于你自己，我能强迫你吗？一切不过自取罢了。"

"把自己赔进去的爱情，到底还是自取，怪谁呢？"

她漠然地转身。

高岗攥着拳头想冲上去，早有保安拦住，柳眉拼力抱住他。

只能愤愤离开。

病情确诊了，手术很成功，虽然有血有泪有唏嘘，但一切还是慢慢平静下来。

柳眉的颈上，靠近锁骨的地方，那一小圈淡红色弯弯的疤痕。

她曾经希望瘦到锁骨鲜明的时候，就穿上低胸的吊带背心，然而现在，她只能用高领遮掩，即使是酷暑八月。

这都顾不上计较了。

现在，她最关心的事情，就是体重，不同的是，以前不顾一切地减，如今不顾一切地增。

她从未这么迫切地希望自己胖，只有胖了才证明病情痊愈，证明健康，只有健康，才可以好好地爱人，爱自己。

还有，她希望在十月能孕育一个小宝宝。

瘦也好，胖也好，健康最好。

再忘我的爱情，还是要把爱分多些给自己。

高岗刚开完会，柳眉打电话来，抑制不住地兴奋："高岗，我刚磅过重，足足胖了三斤呢！"

"好，真好！"

高岗笑了，真心欣喜的，虽然不免微微地涩。

自古深情
难相守

世界上用来形容幸福的语言总嫌贫乏，欢乐的光阴是腾驾的云雾，轻盈温软，让人醺醺然、昏昏然，只可惜行走得太快，手里抓不住，又苦青春的短。

私　房

1

咸丰六年，英军攻打广州，炮火隆隆，十三行商馆区彻底烧毁。

曾经何等显赫繁盛风光的西关大屋、旺铺楼馆转眼就成废墟，周家的绸缎庄也在其中。

一架青布箱笼马车，能抢出多少家产，在仓皇逃亡的路上，阿四不断回首，失地在火光熊熊里，她叹口气，眼泪溅在襟上："小姐，这回啊，咱们可什么都没了。"

周大奶奶楚秀笑了一下，她温柔地望望背后的车厢，那里稳稳坐着三个红木箱子，从大到小，黄灿灿的铜锁坠着，偶尔随车马的颠簸轻轻摇晃。

"行了，有这三个箱子，什么都会有了。"

阿四不解："小姐，我跟了你十年，你从没当面开过箱子，难道里面装的全是金元宝不成？"

楚秀摇头笑："金元宝固然好，可这逃荒的路上，未必能换得一碗白粥。"她轻轻掀起布帘，路旁有三五逃难的人群，一对布衣荆钗的夫妇搀扶着坐下，楚秀眼神暗了暗："也未必换得有情人——一句贴心的话。"

阿四叹气："你又何必再想少爷，他们说他昨日就出城了，足足五辆大车，那边的狐狸精就坐他身边，有难时他可曾记起你来？"

楚秀半晌不答，伸手抚着最小的箱子，好像在抚着爱人的背。

"什么都会有，这箱子，有吃的，有银子，还有少爷的恩情。"

阿四瞪了两只眼，听不懂说什么，手掌用了力气，使劲拍拍箱子。

楚秀只低低地呢喃："我会让他回来，是时候让他回来了。"

2

楚秀不大记得那天的情景，她是后来听周云湘说的，他说的时候，在沉沉枕畔，在昏昏灯下，新婚燕尔之际，如胶似漆之时，他的眼神又迷离又缠人，他热热的鼻息一浪浪的，惹慌了她的耳朵。

关于他第一次见她。

十五年前的暮夏，包过了粽子赛过了龙舟，所有的女孩子都一下子忙起来。西关的旧俗，七月初七乞巧节，是待嫁女儿的节日，女孩子们早早地就躲在家里，日日夜夜双手不停。实木家具、绫罗衣裳这些缩微的小玩意儿，她们都能全套地做出来。等到七月初一这天，千家门户次第开，门官厅的木雕屏风撤去，长长的八仙桌上，摆满了姑娘们的巧手之作，街坊邻居可登堂入室，品评谁家姑娘心灵手巧，就连路过的街外人，也能站在趟栊门后，跷起脚跟张望张望。

周家大少爷云湘是不会错过这个热闹的。

他每天去绸缎庄上转转，就街街巷巷去钻。

那天是七月初六，周云湘走到绣衣坊，眼睛漫漫游地一家家看过去，忽然他停住了。

这户人家静悄悄的，只掩着齐腰的四扇脚门，朱红色的脚门画着五彩的"喜上眉梢"图，厅里的桌上，摆着一套惟妙惟肖的红木厅房家具，月洞架子床，雕花小妆奁，桌子椅子，每个细节都精致无比，周云湘惊叹，这是他看过的最巧的手艺。

谁家的女子如此聪慧？或者，这聪慧的女子长得如何样貌。

他的倾慕里带着好奇，好奇里夹了期待，竟悄悄顺着屋墙寻去，有扇窗掩着，红蓝色的满洲窗玻璃后，隐隐听到一个年轻柔婉的女声："阿娘，我先把油甘子摆到厅上拜七姐。"

周云湘忙拐回大门，探头望去，那女子已经放下果盘转身离去了，眼里只看到她的背影，淡红色的衫裙，轻盈得像朵小云，又袅袅得像阵暖烟。

周云湘蓦地动了相思。

回来他就四方打听，得知那是一户老主顾，南海文举人府上，文家最小的千金，十六岁，袅娜伶俐，她的名字叫，文楚秀。

3

楚秀倒是记得第一次见他。

那是秋风起的天气，要做换季的衣裳，家里的女眷们一起集在厅上，周家绸缎庄每次都派上几个伙计，扛来最新花式颜色的丝绸，看中了即时剪下，不合心再回去换，殷勤周到。

这次来的伙计，有一个不大一样，他走在最后面，肩膀宽宽的，一束束的丝绸把别人的腰压得弯弯的，独那人腰板直直，眼神活亮，他扛的那束丝绸，是淡荷花色，格外娇嫩柔婉，姨娘姊妹们眼尖，一起拥了上去。

楚秀无暇看绸料，她忙着给伙计们发赏钱。她素来体谅底下人不容易，因此赏赐也丰厚，伙计们讨了赏钱都称谢不迭，只有那人，不伸出手来，反而望着她低声地求："小姐要是真心赏我，就赏我一件你亲手做的小玩意吧。"

"放肆。"楚秀的脸红，不只为他的唐突，还有他的眼，那么灼灼地亮亮地看过来。

姨娘在一边笑道："这小厮真是想蒙了心啊，你说说，你有什么本事，也配讨咱们小姐的玩意？"

那人也不害怕，声音朗朗地说："小人纵有文才武略，在这胭脂阵前也无甚用处，不如就眼前所有吧。"

言毕他抱了手臂，向楚秀上下打量来，又在她身前身后兜一个圈子，转身抓起那束荷花色丝绸，霍的一声抛出去，滑丝丝地铺开丈来长，他身手敏捷利落，两手剌剌地几下撕扯，众人只觉眼前一片缭乱，他已经把几幅手裁的绸料恭敬地捧在手上。

"不才为小姐手裁一幅袄面，不成敬意。"

姨娘愣了愣，骂道："你这奴才，糟蹋了好好的料子，我要报以周老爷知晓，重重罚你！"

那人置若罔闻，只一心看着楚秀："小姐的好针线，定不会负我的好料子。"言毕，笑一笑，把手里的衣料放在桌上，抖抖衣襟，扬长出去。

姨娘气急，连连审问余下伙计那人的名字，伙计们只偷笑不语。

楚秀一边悄悄地把桌上的衣料收起来。

丝绸凉滑的感觉，细腻至指尖，缭绕着不去，许久。

4

中秋过后陆续有媒人登门。

父亲开明，把提亲帖子与楚秀挑拣，贵有东山知府的陈公子，富有西关豪商的林少爷，十三行的周家绸缎庄，算逊了几筹，念着老主顾的交情，攀附攀附。

楚秀推开窗子，月亮在铁窗花里。

她轻轻叹了声气，女儿是要嫁人的，天经地义，纵然父亲宠她，能拣的也是家族门面，她看到家族门面，或显赫或威武，如朱红大门前的石狮子，可是啊，她如何能看到里面的那个人？

深闺女儿，还不曾为谁动情，白白的却牵绊着缕缕不甘。

楚秀又拾起针线，那人手裁的绸料，她几乎完工，每行针线都会缀出一个惊叹，那的确是她的衣服，袖子衣襟，长短合度，就是上海师傅的尺子都会走眼，但是那人，那人竟然裁度得这么巧妙合适。

这令她不安许久，尽管她未必明白，这不安的奥妙。

然而女儿是要嫁的，选谁都是一场反悔不得的下注。

文楚秀选了周家绸缎庄的帖子。她的理由乖巧体贴，离娘家近，探视回省方便，老主顾底细清楚，下嫁过去也不怕他们欺负。而且啊，她悄悄地对姨娘耳语，姐妹娘们以后做新衣服，总有最新正最漂亮的料子。

大婚的日子在腊月里，嫡亲的姊妹们都过来帮楚秀赶制嫁衣，女孩子们坐在暖炉边，手和嘴都不闲着，嘻嘻哈哈就过去了大段的辰光。

这会儿楚秀笑得热了，脱了夹袄，露出贴身的荷花色紧腰小袄。

有人叫了："好漂亮的袄子，哪家的手艺啊？"

楚秀忽地便脸红了。

不知是谁嗤地笑出声来："笨脑筋，这不是周家送绸缎的小厮光手裁的吗？妹妹什么时候藏了起来？"

众人一起笑她："难怪巴巴地要嫁去周家，敢情早受了聘礼。"

楚秀又羞又恼，握了拳头作势打去，屋里娇叱嬉笑一片。

是不是呢？她偶尔乍现的一个念头会是，选择周家，也许就有了再见的机会，再见到，那个人。

5

楚秀再见到那个人。

再见到那个人竟然是这样的辰景，这是她做梦也想不到的。

暗暗的红盖头被谁轻轻挑起，怕那突然的光线，她低下头闪避。

她的新郎站在面前，斜斜眼角，就看见他滚镶着花边的潇洒衣摆。

楚秀的心突然很慌。

"小姐，别来无恙，你还欠我一件小玩意呢？"这是新郎的第一句话。

楚秀匆匆抬起头，呵，红烛暧昧的影子下，那系着红花插着彩翎的、笑吟吟的男子，竟是当日官厅上手裁讨赏放肆张扬的那个人。

那个人她一直记得，每每想起，剪不断，理还乱，现在好了，清清楚楚，明明白白的，近在眼前——

那个人是她的相公，是她的终身，她的。

楚秀的双颊，深深地红下去。

世界上用来形容幸福的语言总嫌贫乏，欢乐的光阴是腾驾的云雾，轻盈温软，让人醺醺然、昏昏然，只可惜行走得太快，手里抓不住，又苦青春的短。

楚秀只记得那是幸福的日子，十五年的尘埃里回头看，那是一种朦胧温暖舒坦的光，许多恩爱的细节融在那光里，她也许记不全，但是能感觉到。

那时，周云湘对她真的很好。

他每日里黏着她，好像糖黐豆，在庄上办事，一天要跑上十几个来回，跑回家喝茶吃点心换褂子，却是一溜烟跑到后院，风火火地推开门，一路娘子娘子地叫着，让阿四这些丫头偷笑。

待到了眼前，又突然傻呵呵地笑着无话，只是掏出一枚别致的镶钻戒指，或是一串光洁的明珠，一边握她的手，一边贴着掌心放上去："给你玩着解闷。"

那些珠宝首饰，到手里都是温热的，微微带着汗湿，想他是怎样一路攥着护着紧张着，好像揣着一颗心。

最难为的是小别，周云湘的船上苏州，最快也要半月往返。这次第，独上高楼，斜晖脉脉，相思的泪也是暖暖的。

独守空房的时候，百无聊赖，思念难遣，楚秀就把周云湘给的珠宝首饰，插了满头，镜子里无比华美的自己。

太多了，她感叹，既幸福，又不安。

铁窗花外的月亮满了又减，人生哪能夜夜月圆，楚秀在最幸福的时候，突然有种惴惴的恐慌。

如果有一天——

她不敢想。

6

婚后日子清闲，周云湘又赞赏有加，楚秀便做了许多小玩意，家私器具，衣服鞋袜，自然是逼真惟妙至极。

这些都成了周云湘的珍藏，他专门请木工打制了一个陈列柜子，放在官厅上，楚秀的作品供奉在上头。手持杯酒，细细赏玩，是周云湘每晚的乐事。

其中他最爱的是一套微型寝室木器，这是他从苏州带回来的千年酸枝木，央楚秀依照他俩的卧房布置所造，不仅风格香艳旖旎，而且精巧到连帐子的鸳鸯戏水刺绣，也精微细致。

周云湘笑道："要是能把娘子也造成一个小小的宝贝，随身带着不离不弃，该解我多少相思之苦啊。"

楚秀又是两颊飞红："真是胡说八道。"

那时候，周家的生意越做越大，周云湘常随商船北上，家翁媪年高体迈，楚秀也出来帮忙操持家务。

楚秀当家，库房厨房都勤走动，半个月下来，她有了新发现。

每天黄昏的时候，李管家的侄子福生都赶着一辆大车等在后门外，厨房的潲水剩饭足足有四大桶。楚秀忍了恶臭，掀开盖子看，白花花的米饭油汪汪的汤水，都是当日家里吃不完倒掉的。

楚秀嫌太浪费，李管家却振振有词，大家子有大家子的排场，也不缺这一点，惯例下来的，缩手缩脚地反叫底下人看不起。

既然这样，她也只好笑笑算了，但心里却隐隐忡忡的，常将有日思无日，莫待无时恨有时，她时常有那种不安感，太多了，太过了，如果有一天——

楚秀唯愿这是杞人忧天，也许吧，周家的人气好得很，官家太太们订的各式丝绸布料，十三行的洋人成匹成匹地进货装船，不用说每天还有那么多来巴结的乡下亲戚。

也真够她忙的。

就说这天大早，顺德乡下的孙德忠就送了几条好木材，说是防水防腐的云檀红木，周太太说留给楚秀做玩意儿，楚秀笑："现在哪里还有工夫做玩意儿，家里的事情还忙不完呢。"

阿四在一旁打趣："少奶奶也是没工夫，也是没心思，少爷出门都快一个月了，不知做给谁看。"

楚秀咬唇恨道："这丫头真让我宠大了，改天有空，不请你吃顿竹笋肉片怎成？"

一家子女眷哈哈乐着，这时有人来报，外面有个洋人想进来卖东西。

周太太爱热闹，知道洋人手里常有好玩的东西，忙唤进来。

进来的洋人能说一口流利的官话，他的皮箱里真带着不少洋货，自鸣钟、玻璃镜、音乐盒、望远镜，大家新奇地摆弄着，周太太看中了自鸣钟，姨太太喜欢那只蛋圆形的玻璃镜，楚秀睁大眼睛看着音乐盒上会转的小人。

阿四拿银子上来讲价钱，却见那洋人痴痴地盯着陈列柜里那套，千年酸枝木微型寝室木器。

"我要这个，拿这些，全部都给你们，换。"洋人热切地说。

见众人不答，又忙忙地在身上搜，黄铜烟斗啊，雕花指环啊，银亮亮的硬币啊，一股脑地堆在箱子里，双手推过去。

楚秀轻轻摇头。

众人笑了，周太太带头把自鸣钟放回去，道："那是我家少爷的宝贝，你想都不要想，要是他回来找不见，非得掀了这屋子不可。"

楚秀脸上微红。

洋人还想力争，周太太已吩咐送客。

7

想不到午后那洋人还赖在门口。

他扯着嗓子喊："还有一个宝贝，女人不要错过！还有一个宝贝，女人不要错过！"

周太太午睡未醒，楚秀怕他聒噪，急急步出门外。

"你还是走吧，我们什么宝贝都不换，你要是还赖着，我就报官了。"

"我还有一件宝贝，你一定感兴趣！"那洋人眼珠亮莹莹地紧盯住她，"少奶奶，你这么美丽，少爷一定很喜欢你。你别生气，让我说完，可是你不会永远美丽，你会衰老，像一朵玫瑰凋落，那时候少爷还会喜欢一朵凋落的玫瑰吗？"

楚秀心里一动，不由自主地听下去。

"我有一件宝贝，它价值连城，爱人的爱情，是无价的，你拿那套木器跟我换，我的宝贝帮你留住爱情。"洋人的手放在胸前的口袋里。

楚秀迟疑着，终于向前迈了一步。

黄昏的时候厅里很暗，西沉的太阳，斜斜射进一些沉静温柔的金光，楚秀望着空空的陈列柜，心里惴惴地空落，又隐隐有些欣喜。

有不知名的细虫，嘤嘤地在眼前飞着，楚秀也不知抬抬手赶了。

她立了片刻，吩咐阿四："孙德忠那几条木材，我要做三个箱子，明天你去旧豆栏，找那张木匠来。"

阿四记得，张木匠做好的三个箱子，搬进楚秀寝室的小内间，从大到小依次，暗暗地靠北墙坐着，三个箱子都上锁，黄灿灿的铜锁，隐约的光芒。

然后楚秀合上门，嘀嗒又是一把锁。

钥匙都在她一个人手上，平日里就垂在衣襟摆子下，走起路来风生细细，叮咚作响。

这些都是周云湘所不知情的，他也无暇关注，风尘仆仆回来，满腹的相思不及诉，先被打断，陈列柜上的宝贝，竟然换成了一座假山玉雕。

任何的解释都是无力的，卖给洋人，缺银子花吗？就算是，怎么可以动它，她不知道这是他的心头之爱吗？她不知道那是他们私隐的快乐和秘密吗？或者是，她根本就不上心？

周云湘的兴致大减，可是看见她楚楚的样子又不禁心软，小别的甜蜜很快冲淡了他的不痛快，却总冲不干净。

不知这便是，子夜变歌的第一个弦音。

8

更让周云湘费解的是，楚秀与往日的不同。

对他的热情和爱恋，她回避、婉拒甚至冷淡，很多时候。

春日桃花开在小轩窗外，她在镜前梳妆，周云湘笑嘻嘻地携了炭笔为她画眉，从前她是如何笑眯眯地低眉垂首由他，还常常夸他的颜色浓淡正好，现在她不，端凝地闪开脸："相公忙你的正事去吧——"

初夏晚风习习，她在灯下针线。庄里有新上市的鲜荔枝，周云湘亲自挑了最大最红的一束，兴冲冲地带回房里，洗了手亲自剥给她吃。从前她一定是娇憨地含在口里，眼波脉脉动人，可现在，她淡然摇摇头："刚吃了饭，这阵子什么也吃不下了。"

端午五月赛龙舟，早就约好携手去泮塘观看，顺便求求仁威庙的香火，可那天备好了车马，楚秀又说不想去，又不要周云湘在身边陪，别别扭扭的，把人的情绪搞得也不爽快。

还有那些，窗前月下挣脱开的手，鸳鸯帐里转过去的身，喁喁私语前的一声不发，灼灼目光下的清淡如水。

她好像一心一意地要让他的爱，无从下手，也无处收留。

白白地无法消受的恩爱，这么多这么热，她不收受，就像那晚她不吃他剥的荔枝，那么殷勤地送到唇边的，莹白如雪的荔枝肉，她都可以硬着心肠说："这阵子什么也吃不下。"

周云湘不知自己做错了什么，终于有些灰心，闺阁不再温柔，就和些西关富少喝茶看戏玩乐度日。

终于有一天，他们在五柳楼聚谈，张媒婆又带了新鲜的女子，这些家贫的女子总会来各式茶楼碰碰运气，能被人看中收了偏房就是最大的福气，然而能入眼的总是不多。

这天例外，张媒婆曼声道："这是小月，年方十六。小月，快给少爷们请安。"

周云湘从一杯茶的氤氲里款款抬起头，漫不经心地看了一眼，再没移开。

就是那个把周云湘从楚秀身边带走，在淮扬巷造了大屋藏娇生子，把周家财产统统转移给外家兄弟，整整十年不许他回来一日的，那个小月。

就是那个小月，就是那天。

9

马车一个趔趄停住，楚秀冷不丁一下醒来，十年，昨天种种，白光一闪，划过眼前。

陈村到了，这里有周家的几间旧屋，前两年有佃户打理得干净妥当，现在兵荒马乱，村子里的人七零八落的，屋前野草及膝，惊起一只飞雀。

阿四、车夫几个拔草开路，打水冲洗，楚秀傍着门框，踮了脚跟朝远方张望，他不在这里，怎么会？朝南行只有此处是归宿，他提早出发，难道还没到吗？

这时阿四近旁道："小姐，村子里找不到吃食，户户家家的米缸都是空的。"

楚秀笑了："呵，我倒把这个忘了，赶了这么长的路，也饿坏了，把灶头的火架上，煮一锅米饭来。"

阿四皱着眉头不动。

楚秀笑着，低头撷起裙边的钥匙，向最大的箱子走来。

最大的红木箱子，打开来，竟然是满满的一箱子白米。

阿四惊叫："小姐你几时私藏了这么多的米啊？"

"都是从大家口里省下的，早年他家每天倒掉许多剩饭，让人见了可惜，"楚秀道，"于是每日我便从淘米箩子里留出一小袋，倒进这箱子，一餐少吃一口，谁也不留意的，日积月累，也攒了这么多，总想着有天或可解不时之需，想不到今日逃荒竟然救了咱们。"

阿四道："难怪你总教我们什么'常将有日思无日'，难道你一早料到今日，那边还有两个箱子，莫非装的是鸡鸭鱼肉不成？"

楚秀道："我就知道你是贪馋，要是饿了，还不快快去煮饭来吃？"

阿四这才淘米煮饭去了。

日头将落时分，才有人冲冲撞撞地跑来报信，说周云湘正晕在村口呢。

原来那日周云湘的五辆大车，才过野梅岭就被人劫了两次，第一伙贼人把钱财抢了，车马也扣了，一家人落魄狼狈，惊魂不已，没走出二里路，又遇了第二伙贼，认得他们是西关富户，怎肯罢休，索性扣了一家老小，独放周云湘一个，令他三日内筹得三千两银子上来赎人。周云湘不敢回城，只得往前走，这晚好不容易到了陈村村口，又饥又困，脚底一软就倒下了。

10

劫后重逢，唏嘘的竟是此时此境。

楚秀捧着一碗白粥，一口口地亲手喂他，周云湘只是垂着眼帘急急吞着。他当然有愧，然而十年的愧大了，就无从补偿，既然是无从补偿，也只得装作不知，更何况，他心里担忧焦虑惊惧沮丧，自己都打理不清楚。

而楚秀也真能作出若无其事，她温婉亲切如初。虽然，红颜已经憔悴，最惹人伤心的是这憔悴，她本人似乎浑无所知。

这晚，灯火如豆，离乱的背景下，两个人所说的，也只能是这几日路上的艰险。

周云湘也老了，幢幢的灯火下他的脸藏在暗影里，当年的意气潇洒全无，然而她还是忍不住地疼惜他，哪怕一声叹息，一个皱眉。

楚秀给他碗里续了暖水，茶是没有的，也无心求这个了。

"其实你也不必太担心，天无绝人之路，她们总会吉人天相。"她劝慰道。

周云湘苦笑，多心地想到，她实在是如今最有闲情旁观风凉的人。这十年，小月抢了她太多太多，眼下这个结果，或许正是她求来的也不稀奇。

楚秀坐了一会儿，站起来，窸窸窣窣地掏出把钥匙，打开墙角的第二个红木箱子。

箱子盖开，骤然一道光芒射了满屋。

周云湘纳罕地走过去看，箱子里装着无数的珠宝首饰，钻石和明珠的熠熠光彩，让人黯然失色，他愕然地向楚秀看去。

楚秀安详地说："这些东西，都是你给我的，刚嫁过来那阵，你天天都从铺子里跑回来，不知去哪儿搜罗来这么多稀奇的玩意，也不知花了多少银子，我都攒起来了，一件也不少，最难为的时候，也没当过半件——"

周云湘无限感慨。

"既然都是你给的，现在你有急，全拿去也是道理。拿去吧，拿去救人，万贯家财也带不走，你还看不破吗？到底是人命重要。"楚秀合上箱盖，笑笑，却有一丝凄楚。

周云湘百感交集地木在那里，他感到血热热地直往脸上奔涌。是的，她们等着他去救，而楚秀，站在那儿，也等着，他好该上前去，轻轻地、温柔地拥住她的肩胛，紧紧地抱在怀里，再说些什么。

可他只是这么木木地站着动弹不得，时光生疏了多少恩情，一切都不同了。

楚秀站了一会儿，笑得有点儿尴尬："那你先过去歇息吧——我叫阿四再收拾一间房？"

周云湘唯唯诺诺地应着出去了。

出门来慌张地回头，纸窗上暗暗地映出楚秀单薄的剪影，一声叹息从窗户缝隙里颤悠悠地飘出来，漫长黯淡。

11

这晚的月亮又大又圆，怔怔地就悬在窗前，月光雪白得叫人难眠。

周云湘睡不去，思绪杂乱，心里头一拨柔情冉冉苏醒，茸酥酥地扎人。

他披衣推门，几步就来到楚秀的窗前，隐隐灯烛，她的侧影还印在纸窗上，这样夜深，她也难眠啊。

周云湘轻轻地推门，门掩着，好像有所待，而且有所料。

楚秀在灯下抬头，莞尔一笑。

周云湘讪讪地，随口道："看见灯还亮着，过来叫你早些歇着，咦，你抱着那个小箱子干什么？"

楚秀低着眉眼微笑，双手轻轻地摆弄着小红木箱子的锁扣，"它也怪灵的，我才打开，你就过来了。"

周云湘辨去，这个红木箱子，比藏了首饰珠宝的那个要小许多，玲珑精致。他笑道："女人家就是喜欢藏藏掖掖的，难道这里面又藏了你什么私房宝贝？"

楚秀道："那倒是啊，人生变幻难测，但能将有的时候留几分藏着，待他日穷尽、窘迫了，也不至于落得一无所有。"

周云湘笑："我说你是不是属老鼠的，珠宝藏了就好，连米也藏了一箱，这还有一个箱子，我倒想看看藏的是什么好东西？"

楚秀红了脸，默默地把箱子推过去。

周云湘慢慢掀开，不禁轻轻叫了起来。

这里面乱七八糟装的什么啊？一小块泛黄的小笺，一小段画眉的炭笔，一小截烧剩下的红烛，还有已经发黑的什么，好像是荔枝壳，还有粽子叶。

这些莫名其妙的东西，又破败，又残旧，却一点也不凌乱，都规整地摆放在白绫子底面上，团团围着一个小小的心形锦盒。

"这——藏的是什么东西啊？"周云湘不解。

"是——"楚秀深深吸了口气，"是咱俩许多个良辰美景。春日桃花开在小轩窗外，我在镜前梳妆，相公笑嘻嘻地携了炭笔要为我画眉；初夏晚风习习，我在灯下针线，庄里有新上市的鲜荔枝，相公亲自挑了最大最红的一束，兴冲冲地带回房里，洗了手亲自要剥给我吃——昨日种种，相公的恩情，当年楚秀受之不尽，不舍得消受至极，私藏了下来，妥善保管，留待今日情缘转淡——能解一些念想，能博得数日欢颜。"

她小声地诉说着，泪光晶莹在眼眶里。

周云湘颤声道："你真傻，恩情怎么能装进箱子里——"

"当然能，你知道我当年把你最喜欢的那套玩意儿换了什么宝贝？"楚秀收住泪，小心地捧出那个心形锦盒，"那洋人给了我这个，留情宝珠，把爱人当是时的物件放在它周围，那刻恩情就可留存长久，直到需要的时候才拿出受用，就如积谷贮粮备银，以应不时之需——"

周云湘接过来，仍是难以置信。

楚秀深切热情地望向他："这十年，最难挨的时候，想你到，手指甲把床柱子都挖出了印子，也忍住不打开，怕它少，用了就没了，但现在——楚秀老了。"她的声音嘶哑着低下去，"楚秀再也忍不下去了，今夜，刚刚打开，就听到你的脚步，你就来了，你看这灵的！"

周云湘默然，他颤着手指打开那心形锦盒。

他走南闯北，什么宝贝都见过，是的，他认得那"留情宝珠"，它静静地卧在红绒里子的锦盒里，透明，浑圆，夹杂着红绿的彩条，泛着轻浮冷静的光芒。

那只是，在西洋，小孩子们都喜欢玩的，最寻常的一只，玻璃弹珠。

他的眼泪，好大的一颗，"啪"地碎在上面。

青春

1

那是一个遍地神仙的时代。

是有那么个时代，生活简单质朴，人们信神，怀着爱慕与憧憬地信。而那些大大小小的神，亦爱惜这份信仰。他们乐于往返于人间，甚至乐而忘返，施小小的无害的法术，享小小的被崇拜的虚荣。那时候人们还有点笨笨的，这更好地颐养了神的优越感，不像今天，电脑比神仙还能干，所有神仙都自卑地不敢露面了。

却说有个神名叫霜林，这是个非常英俊的神。他有一双星子般的眼眸，总是于风起云涌之际降临。他常穿着雪白雪白的袍子，风在他的衣袖间滚动。他就这么飘飘然地飞来，满树的枫叶随着他洁白的步履纷纷然洒落，如扯碎的黄昏。

霜林管的就是叶子，这真是个奇怪的差使，神仙多了，分工就细，根茎枝丫都有神各司其职，霜林只负责普天之下的叶子，他高兴了，挥一挥衣袖，数九寒冬的玉树琼枝也能长出碧绿的叶子，他生气了，拂一拂衣袖，遮天盖日的大榕树也瞬间光秃秃不蔽体，想想做神仙真是挺痛快的事啊！

霜林年少英俊潇洒，当然成了神仙里的偶像派，不知多少凡间女子的祈祷许愿梦寐，都是他的形象和名字，以致负责收发人间愿望和美梦的神，打开大包袱，一把一把地掏出来给他："霜林，你的，那，还是你的。"

而此时，他只是慵懒地笑笑，任那些凡间女子的心碎和眼泪，如雨珠，如沙砾，从他的手指缝儿里漏掉去。

天上人间的爱情多么不现实，她们无计攀缘，他也无心俯就。

他站在云端，一抬头就是满天星辰，人间女子的韶华，有时竟比流星还要迅疾，他眼睁睁地看那昨日朱颜，今日白发，明日黄土，有一丝细细的悲悯，他是永生的神，然而常常也不禁伤感，为水样的流年。

就凭这，他以为自己不会为谁动心。

2

不知是哪一年的冬节了。神是没有日历的，日子就是日子，永无开始结束。

霜林喜欢南方的冬节，南方的隆冬，树叶还是树叶，尽可以四季葱茏，青春不败。这天他变作一张波罗蜜树叶，深厚的绿，扩展的脉，优哉游哉地在枝头上作暖冬的小憩。

他似乎睡着了，人间节庆的烟火缭绕着，适宜入梦。

然后他觉得微微的疼，扎醒，先看到一只柔荑似的手，施施然地来采他。那是一个紫色衣裙的女子，踮着脚，仰着明月般的脸庞，两剪秋水瞳子晃啊晃的。他不禁一疼，不知是身上，还是心里。

紫衣女子摘不下叶子，有些踌躇，下面等着的一个红衣女子早已按捺不住，她跳过来，脸上红润如鲜果："秋夕，你好快些呀，阿母等着包糯米贴！"

秋夕道："这张叶子最好，就是采它不下。"

那红衣女子早已撸起袖子，露出雪白的两条手臂："等我来！"话未落下，人已上了树。

秋夕只好叫："春晓，你可要小心！"

霜林已经完全醒来，他乐得有这样的时间和心情，和如此可人的两个女子逗趣，于是他牢牢地长在枝头，任那春晓憋足劲去折、去扯，只纹丝不动。春晓着急，手上一滑，自己却跌下树来，摔个四仰八叉。她摔疼了，嘴上却不服输，仍闹嚷嚷地要秋夕拿剪子，取柴刀的，她生气的样子真是可爱，汗珠颗颗透明，脸色越发莹润。

霜林想笑，这一笑就原形毕露，朗朗笑声里，英俊的神白衣飘飘地降落。

两个女子在他的光环里屏息，她们望着他，目不转睛，赧红了脸颊。

笑声终于有点讪讪了，他觉得自己好像有点不从容，怎么回事，眼前这春晓秋夕闪闪的眼神，让他欣喜，然而又有一丝莫名的紧张。

3

这是霜林的神仙生涯里从未有过的快乐日子。

其实都不是什么新鲜事，踩着晨光的露水采大把大把的山花，倒坐在牛背上信口吹一支短笛悠悠地在夕照里，山路婉转如心事，水车咿呀像时光，一把小扇扑流萤，一盆清水照月亮，刚煮熟的红豆汤圆袅袅的热气，才盛上的冰糖莲藕淡淡的荷香。

从前他是如何淡漠，看那人间俗子无事忙，笑他们的虚妄和无聊，可如今他也耽溺在这微不足道的细节里，而且快乐得死心塌地。

他得承认，是因为春晓秋夕。

这两个女子让他觉得人间一刻，胜似天上万年。

春晓活泼爽脆，快人快语；秋夕温柔沉默，兰心蕙质。

他们只是少年心性般嬉笑同行，或是在开满油菜花的田径上唱游，或是在满天星光下凝坐，只是这么寻常的情景。她俩一左一右，笑靥如花，少女身上微微的香，春晓甜润，秋夕清凉。霜林闭上眼睛想，停，就这样永远停下来吧。

他只能这样想想，他不敢承认爱情，不敢承认谁，他是超越时间的神。四季更换，节律如常，他一再流连在温暖的南方，以致忘了给北国四月的树植上新叶。

大地女神急急令，他走得匆忙，来不及告别，恰巧见到秋夕在河边洗发，她长长的黑发像一幅绸缎，闪闪动人。

他停下，温柔地说："我要走了，北国的树还等着我植上新叶。"

秋夕仓皇地抬起眼："就不回来了是吗？我还能见到你吗？"

女孩楚楚可怜的样子让他心软，霜林笑："当然能，我很快就会回来。"

秋夕也笑了，睫上还有方才情急的泪，这笑马上又让他心酸，他太知道不是吗，她这样可数的流年，相见又能得几时？

他这趟公差可让树神大野取笑个够："霜林，原来你忙着游戏人间呢。"

霜林不快，他不喜欢"游戏"这两个字。

树神大野却继续："做神要厚道啊，那些人间女子就那么一眨眼的青春，你要是不能给她们长生不老药，又何苦弄得大家都心碎？"

霜林心里一动。

4

已经有人心碎了。

霜林赶回南方，见到春晓病得奄奄一息，那么鲜艳红润的双颊，变得蜡黄消瘦，病是相思，自他走后，这女子就水米不进，日见憔悴。

眼下他唤她，她只赌气背转身子不应，肩膀瘦成了一把骨头。"你还回来干什么？你在天上，我在地上，唤你找你，你听不见，谁知道你怎么了，谁知道你是一会儿就回来，还是一辈子都不回来？"

霜林低着头走出来，却见门边正倚着秋夕，她凄凄地望他，望得他疼。

他一向自命不凡，神大都这样，可是这一刻他问自己，你能给她们什么呢，你怎么能白白辜负这样的心？

他无言转身，踏了片云彩，直奔昆仑山。

谁都知道大名鼎鼎的昆仑山，西王母，还有那棵好几万年才开花结果成药的不死树。

可霜林是小神，哪有那么容易见王母。

顶多见到青鸟使者，那青鸟一见他就说："王母说过，求药的就免谈，为了爱情更是免谈，几千年前那个嫦娥已经让她老人家不信这回事了。"

霜林哪里求过谁的，这下更不知如何开口了。

又不甘心回去，就这么傻傻地站着，昆仑山四周的火焰，扬起黑色的火屑，他的白袍子也沾了点点的脏。

那青鸟想想，拉他到偏僻处："你这么傻站着也没用，就是我让你进去见娘娘，也是没药，不死树刚刚开花，除非你万年后再来。"

霜林急了："万年后她们都不知身在何处了——"

"当然知道你急，幸好我自己攒了些药末，捏了一枚长生不老药，也就这么一枚。" 青鸟又道，"我当然是相信爱情的，要不然哪有那些人拿我入诗呢？"

霜林大喜，正待去取。

青鸟笑着闪开："不过你也该好好答谢我才是，咱们天上住着，也不求他荣华富贵，我只是厌倦了快递这差使，不如你管管叶子那样轻松自在。"

霜林想都不想："我就把这差使给了你，以作答谢。"

青鸟递上一个小锦盒："你倒爽快，这漫漫千年也只有你一个神，肯为爱情这东西花心思，难为你做了神仙都看不破啊。"

霜林不应，只是打开锦盒看，里面有一枚椭圆药丸，一半黑，一半白。

青鸟解释道："这药，黑的是长生，白的是不老，要一并吞服，才能长生不老。"

霜林一边却拧起了眉头，只此一枚，给谁好呢？

5

这的确是个艰难的选择。

神也不能太贪心，哪有两全其美的事儿，一枚药，一个人，他必须选择。

然而春晓和秋夕都是可爱，都难割舍，他用手指在沙上写她俩的名字，写一个，擦一个，然而即刻又写上，如此，一遍又一遍。

他实在决断不下，必须承认，神无完神，他也有不果决的一面。

只好把问题交给她俩，这样的夜里，三人对着一豆灯火，心事影影绰绰，如面对命运。

他把话说完，狠心地离开。

门外星斗满天，时间仿佛胶住了，里面静悄悄的，她们会怎样呢，会争吵，会哭泣，会抢个不可开交，甚至自相残杀？

这太残忍了，尽管他熟知自私与人性，却实在怕见这个。

而且他惊心地预感，无论哪个吃了这药，他都势必会无比怀念另一个。

难啊！

他的心正上下动荡不安，这时，门"吱呀"一声开了。

回头，那红衣的春晓和紫衣的秋夕一起站在星光下，手拉着手微笑。

是谁吃了药，他大感不解。

"我们分着吃了！"春晓脆生生地道。

"我吃黑的，她吃白的。"秋夕慢慢地说，"我们不奢望长生不老，只要有半个永生的岁月和你在一起，就很好了。"

他苦笑着释然，心底却升起隐隐的不祥。

这不祥来得这么快，三天后的正午，他们在山坡上牧羊，春晓口干，一眼见到路边的野果结得鲜艳，随手摘了一个，只咬了一口，就轻轻倒地死去。

当时霜林就在对面坐着看她，看着她胭脂色的衣裙那样轻飘落的，好像一片红透了的叶子，他跑过去把她抱起的时候，春晓已经没了气息，而她的眉如黛，面似桃，那样娇嫩的花蕾一样的唇，好像正待吐出芬芳的字句。

霜林大悲大痛，这一定是弄错了，什么长生不老药，骗子，青鸟这个骗子！

他抱着春晓冲上云霄，急奔昆仑山，路上遇到的正是青鸟。

"你竟敢骗我，那药是假的！"霜林恨极，低头看看心爱的女子，忍了泪，"她死了，这么年轻就死了，我还对她说长生不老。"

青鸟叹气："我何必骗你？你忘了我对你说过，一枚药，黑的是长生，白的是不老，要一并吞服，才能长生不老。"

"那她至少吃了'不老'那半！即使不会永生，也不至于速死！"

"是啊，但她从此可以'不老'。"青鸟哀惋地说，"有什么比死在最青春的年华，更能永葆青春的？"

霜林看去，春晓的脸仍栩栩如生，这的确是她最美好的年华。

"从此你心里的那个女子，永远都是这般青春美貌，永远也'不老'，她吃了这半，名副其实，我的药有什么错啊。"青鸟理理羽翅，飘然远去。

6

不知过了多久，霜林才想起秋夕。

这已是数年之后了，他慢慢地从失去春晓的痛里苏醒，重回故地，秋夕早已不知所终。

有个牧童一直留着秋夕的口信，她说无颜留在霜林身边，如果当初把那药都留给春晓，也不至于如此。

这话让他恻隐又心疼，两个女子都是这般可敬可爱，现在没了春晓，他不能再失去秋夕。

这以后的日子，他就是这样风雨兼程地上路，四处寻找那个穿紫衣的女子。

不再主管人间的叶子，他成了无业游神。他深信秋夕和他一样，有数不尽的空闲和这空落落的心情，他不急，慢慢找。

从前的旧部念他的恩情，各式各样的叶子都愿意提供秋夕的线索。他跟着她的脚印走，不紧不慢地跟，从大漠，到草原，从桑田，到沧海，他不逼迫她，直到有一天她愿意停步转身。他知道会有那一天，谁在乎等多久，他们有无尽的生命。

到后来，他甚至爱上这个游戏，一个寻，一个藏，一个追，一个避，像一个轮回，永无休止。

如此就过了一千年。

突然没了秋夕的消息，所有的树叶都不知情，霜林有些着慌。

追踪突然中断，他没了主题，没了对手，没了意义。

这才又急又悔地恨自己要什么风度，为什么要等她愿意停步，他本就该，一千年之前就该挡在她前面，告诉她，他要与她永远在一起。

尽管在永生面前，一千年算不了什么，可是在爱情面前，一千年还是太久了。

苦恼至极，唯一能做的还是凭往日的面子，四处打发那些叶子叶孙们开枝散叶，网罗消息。

这下青鸟不乐意了，一千年前这差使就给了他的，没有神喜欢给谁越权，他就这么黑着脸来找霜林。

"不在其位，不谋其职，这是神界的规矩。"

"我当然懂得，只是情急之下，没有办法。"

"你也该动动脑子，秋夕必然知道，你单凭一张叶子就能寻到她，所以她要躲你，当然是找寸草不生的地方。"

"寸草不生的地方，只有冰雪极地！"

霜林恍然大悟，兴冲冲地向那儿去了。

7

白茫茫一片大地真干净。

这是冰雪极地，人烟罕至，寸草不生。那倔强的秋夕啊，有什么东西，一千年还不能放下，还要用这样的荒凉苦寒来折磨自己呢？

极地上只有一座雪砖窑洞，他感到她在这里。

他要走近了，走近了，却见窑洞里钻出个矮瘦的婆婆，那婆婆佝偻着身子，脸上是丘壑般深刻的皱纹，她边走边哭，一脚高一脚低的，不小心摔在冰上。

霜林忙上前扶起她，她还哭着，孩子似的，嘴里的牙几乎掉光了。

"老婆婆，你有什么伤心事吗？"

"有什么伤心事，还不是被人骂了，总是这样，有错没错都挨骂！"老婆婆擦拭了眼睛，注意地看看英俊潇洒的霜林，不哭了。

霜林道："老婆婆，我向你打听个人，有个叫秋夕的女子，你可曾见过？"

"我当然见过！我叫她祖奶奶的。"

霜林一愣，马上笑了，是啊！秋夕也有一千岁了，辈分上足以当得起几代祖奶奶了。

"可不就是她天天骂我，她不愿意活了，可是怎么也死不了，这一难受啊，就朝我们这些年轻的发脾气！"

"她为什么不愿意活呢？"

"活成个老妖怪到处躲着人，当然没意思！"

"她——很老吗？"

"我都一百岁了，她还比我老上九百岁呢，你就想想吧，到那个分儿上，老不死，就是活受罪！"

他感觉到身上的血慢慢地冷下去，这是极地，果然冰冷得紧，身上一点力气也没有，连飘也飘不起来。

他还是极力地迈开步子，快点离开。

然而天气多么晴朗啊，长空明净，雪野皎洁，阳光炫目，泪眼婆娑。

天蓝得萧索，岸长得寂寞，突然间，他觉得自己轰然苍老。

青春最美
的句读

　　她的心坠得发疼，是的，心疼的感觉。从前她总是不大懂得这样的感觉，爱一个人，爱到心都疼了，那爱该是很深很深了，现在她的心也在为他疼着。她想他，她想他好好儿地站在面前，让她有机会告诉他，她心疼他。

≈

想你
只和
在一起

第一眼，江就喜欢她。

女孩长得像个很乖的娃娃，不十分漂亮，总是温文柔顺的样子。新生晚会上一众人拥抢着吃东西，她落在后面，抱着书包，微笑着却不知所措，让他心疼。是的，江对爱情最初的感觉，就是对一个人的，心疼。

他对女孩子没有经验，每天见到她，还没打招呼就先红了脸。那女孩，后来他们昵称娃娃的女孩，也是很腼腆的。所以他们的招呼不是很轻，轻得几乎听不见，就是含糊草率，一擦肩就过去了。

江想，再等等吧，等我攒点儿勇气，我就约她。

可女孩没等，或者说其他人没等，大一开学不到两个月，一个外系的师兄就追到了她。有时她真像个娃娃，单纯而不晓得抗拒，在球场边看足球，那师兄大咧咧地跑过来嚷："嗨，帮我拿会儿衣服！"她就乖乖地抱着那堆臭烘烘的衣服，站在那里一直等。球赛结束了，人走完了，那小子汗淋淋地走过来，笑嘻嘻地说："呵，你还在啊！有男朋友吗？"她老实地摇摇头。"那我做你男朋友吧。"他随手就搂住她的肩，她想不出什么理由说不，只好这样跟了他走。

江难过了一阵，还是觉得喜欢她。他是那种慢悠悠的人，从不会太激烈的举动，但他柔韧，那种需要恒心和耐力的柔韧。最难过的时候，他也只是一个人跑到大操场上坐了半夜，抬头，满天的星星晶莹地围着他，他想，没关系，谁说她一定嫁给那个人。

周五早上一二节通常是没课的，同学们喜欢晚起，吃了早餐直接到体育馆上排球课。那次排球课娃娃晕倒了，没吃早餐血糖低。同屋的女生说："师兄一早就拿来大堆球衣让她洗，说是晚上等着穿，她哪里有空吃早餐？"他站在人群外面，看着大家围着她喂糖水，她的脸色淡得像纸，他觉得心又开始疼。

那以后的每个周五早上，七点之前，江一定会买来早餐送到她宿舍。这简单的举动，他坚持了四年。尽管后来娃娃和师兄分开，她不必赶早洗那些球衣，尽管后来周五早上的课程变了，不再有睡懒觉的美好时光，他仍然坚持。

想起那些他送早餐的日子，还是让人不禁莞尔的。那是一个羞涩的男生对自己的挑战，他低着头，手里紧紧攥着食品袋，在女生宿舍门口傻站着。他得等一个班里的女生，求人家帮他带上去。那些女孩子总是不放过他："为什么给娃娃不给我？""哈哈，你暗恋娃娃啊，小心师兄跟你决斗！""要送就送值钱的，几个包子太寒碜了吧！"他只能笑，尽力把窘迫压下去，然而脸还是红得很惨。

娃娃接受了那些早餐，那个时候，送上来的东西太多了，丝带扎着的金莎朱古力，大束大束的玫瑰花，还有大的小的毛茸茸的玩具，她不大懂得拒绝，和师兄的短暂恋情也没教会她选择，大二的圣诞节，那个花店的小老板，抬来了九百九十九朵玫瑰，她们小小的宿舍沦陷在玫瑰的海洋，在人们的惊叹和艳羡里，她只好任他拉住自己的手。

也是那个圣诞节，也是那晚，江在游园会上正拼命地爬上竹竿夺取锦旗。那是个以捉弄人为乐事的晚会，要想拿头奖，就得有甘于被大众取乐的勇气。他学蛤蟆跳，被人画猪鼻子，水枪射得大衣一片湿。我们知道他不是个能疯的人，他红着脸，以解高数的严谨和认真对待那些无聊人的游戏。每一阵哄笑声，都在冲击他自尊的底线。是，他想拿头奖，因为那年的头奖奖品，是一个半人大的限量版比卡丘玩具。他知道，娃娃最喜欢这个。

他筋疲力尽地抱着比卡丘去找她，她已经和花店小老板出去了，满屋子都是玫瑰，红得让人想哭。他把比卡丘端端正正地摆在她桌上，松了口气似的。同屋的女生不忍，"江，你这是何苦呢？"他什么也没说，转身走了，衣服背后那片水渍还湿亮亮的。

下个周五早上，他的早餐还是准时送来，看上去他没什么变化，永远有些羞涩，羞涩却不退缩。慢慢地，谁都不敢再笑他。她们班的女生，自发约定的，每个周五轮一个人早早下去接他的早餐，免得他苦等。他的心事都在那简单的早餐里，春天有新鲜的蔬菜米卷，夏天有清淡的米粥咸菜，秋天有醇香的牛腩河粉，冬天有滚烫的鸡蛋肉粽。春夏秋冬，无论风雨寒暑，这是一个老实人虔诚的爱情仪式。

那次他们去G城实习，全班过海到岛上玩，渡船半个小时一班，准时，不等人。回来的时候，江和同学们已经上了船，却不见娃娃她们，有人说她们要买珍珠粉，磨磨蹭蹭地挑，干脆让她们坐下一班船吧。本来这也没什么，可是船开了几丈远的时候，那几个女孩子慌慌张张地跑回来，站在岸上又叫又跳的，江在船头，他看到娃娃，那副惶惶的神态，他的心里又那么一疼，也不多想，就跳了船。

说老实话，这动作一点儿也不潇洒利落，他水性差极，狼狈不堪地拍打上岸，整个一只湿淋淋的鸭子，女孩子们忍不住笑，笑罢又觉得眼眶有点热。娃娃知道他是为自己来的，还是不禁多问了一句："你回来想干吗啊？"他浑身湿着，用手抹了把脸，清清楚楚地说："想和你在一起。"

这次，娃娃听到心里去了。

他们终于走到一起，周围人比他们还高兴，好像如愿以偿的是自己。只是，时间已经到了大四的第二学期。

大家戏称这是黄昏恋，因为课就要上完了，行装已经收拾了一半，大学时代眼看就结束了。班上是一种惶惶的气息，有人彻夜欢歌，有人买酒图醉，有人脚步匆匆，而他俩，却安安静静的。黄昏的校园道上，两个人提着饭盆牵着手一圈圈地散步，自习课回过头看，两个人把兜里的零钱摆了一桌，笑嘻嘻地合计着够不够吃一份牛扒。他们好像是另一个世界的人，没有东西能干扰到他们的恋爱，那大器晚成却又如日初升的爱情。

不是没说过将来，娃娃和江来自两个城市，这两个城市算不上很远，只是没有直达的火车，江算过，计上坐巴士转火车再坐巴士的所有时间，要十三个小时。

娃娃说："咱们才刚刚开始，还没到定下一辈子那步。"

江心想，我这边早到那步了。

娃娃又说："我想还是顺其自然，这样大家不必太紧张。"

江说："好，我每个周末都去看你。"

这话做起来并不容易。第一年，江刚入公司，加班的任务特别多，总要忙到周六下午才有空，他常常是下了班就百米冲刺似的往汽车站跑，坐两个半小时的巴士，到省城火车站，挤七八个小时的火车，再转车，坐上三个小时，到了娃娃的城市，已经是半夜。他就在候车室的长椅上躺一躺，看看天亮了，才一口气跑到娃娃家，两个人大清早地在湖边牵着手散步，又欢喜又紧张，时间太快，话又太多，吃了中午饭江就得走，不然赶不上下午的那班火车。

也是为了省时间，以后每个周六加班，江先在背囊里塞几个碗仔面，这样随时都能填饱肚子。还有，火车人多挤得太难受，他干脆就在背囊上绑了把折叠小凳子，只要能站住脚的地儿，至少能坐下喘口气。

娃娃总是笑着说："人家的王子是坐着白马来的，我的王子没有白马就算了，还背着一大串莫名其妙的家当。"

第二年夏天，娃娃的生日快到了。江特意学会了用平底锅煎牛扒，他想得很浪漫，烛光、鲜花、牛扒、酒，他要亲手布置一切，一切都要漂漂亮亮。

哪里想到临行前热带风暴登陆，狂风肆虐，漫天豪雨，娃娃打电话来，要他别来了。江说那怎么行，决定好的事情，风雨无阻。还一再叮嘱娃娃买好牛扒，等他大显身手。

然后他就没了消息。

暴雨不停，娃娃的城市开始浸水，到了周六晚上，她从阳台上望出去，水已经半腿高了。她这夜都睡不稳，天没亮就醒了，一秒秒地挨到七点，往常这时候江就该到了，而这天，听到的只是雨声。她坐不住，街上还是水，有人把筏子撑出来当出租，她叫了个筏子去车站，车站空荡荡的，值班的人说，大水冲断了公路，昨天下午，所有班车都停开了。

打电话去他家，说他昨天出发来找她，的确来了，还背着家里的平底锅。

可是，满天都是暴雨，电视新闻每隔半个小时播报一次灾情，公路冲断，铁路告急，什么什么车滑坡，多少多少人失踪。她脑子很疼，怕听又不敢不听，事实上，这是她能把握的唯一线索，在那个把手机叫作大哥大的时代，她不知该去哪里呼叫他。

三天过去了，雨慢慢停了，她的眼泪停不下来。

没等到人，他也没回家，那么，他在哪里？

她的心坠得发疼，是的，心疼的感觉。从前她总是不大懂得这样的感觉，爱一个人，爱到心都疼了，那爱该是很深很深了，现在她的心也在为他疼着。她想他，她想他好好儿地站在面前，让她有机会告诉他，她心疼他。

好多从前的事情涌上心头，一件件一桩桩，这么多年的堆积好像是为了这一刻的彻悟，这世上没有人再像他那样爱她。如果他没了，她也得找他去，总得跟他在一起。

这样想着，她擦干了泪，先去派出所报了警，回家收拾了点东西就出了门。她要找他，无论生死，她要看见。

走出路口抬起头，她就站住了。

前方远远地走来一个人，黑瘦得像风干了似的，衣服裤子糊着泥巴，头发乱蓬蓬的，不知道自己有多难看，还敢笑呵呵的。他的脚可能受了伤，走起路来有点跛，他的背微微地驼，一定是过于疲惫。他不是王子或者英雄，倒像个走江湖的流浪汉。他全身最精神的只有背囊上那只平底锅，它的不锈钢长柄笔直地指向天空，闪闪发亮，好像是他背着一把剑。

她一动不动地看着他走近，不说话。

他有点慌，忙说："迟到了，我走来的。"

她还是不说话。

他看看自己，又说："本来这是套新衣服，本来刮了胡子出来的。"

他总是这样，本想学得潇洒，却总是笨笨的不够漂亮，在她面前，总是这样狼狈滑稽。然而，这些都让她这样心疼啊，她过去低着头碰碰他的胸膛，紧紧地贴上去的，是她满是泪水的脸。

生日晚宴是后来补的。还是不地道，牛扒煎得太老了，牙齿都咬疼了，红酒太酸了，酸得倒吸一口冷气。那两支蜡烛显然是伪劣产品，烟熏得人流泪，只好开了电灯。

然而在吹熄生日蜡烛之前，娃娃还是非常郑重地许了愿。

江笑问："都许了什么愿啊，说来听听。"

"没什么。"娃娃看了他一眼，"只想，只想和你在一起。"

关大勇的毕业论文

讲师梁纪第六次打电话给关大勇的时候，终于有人接听了。

梁纪不是耐性很好的老师，但对此习以为常。电大算不上正常的大学，学生大都是在社会上滚过麻辣烫油锅的，干什么的都有，什么年纪的都有，什么人都有。一个电大老师首先需要锻造的，就是见惯不怪的心理素质。

但他还是稍感意外，因为这么孔武有力的名字，竟然是个怯弱的女声。

"喂，你是关大勇同学吗？"

"我——不是，有事吗？"

"这话怎么说呢，我找关大勇有正经事。"

"我知道，我知道，有什么你跟我说就行了。"

"我是他的论文老师，关于毕业论文修改的事情，这件事很重要，请你转告关大勇，最好他本人来一趟，关系到能否顺利取得毕业证。"梁纪带了点严肃的语气，虽然知道自己有点虚张声势，但是对付这些成人学生，平时以各种理由不来上课、所有目的只为文凭一张的成人学生，他能拿出来的也只有这招了。

"好好好，一定去，一定去。"

说好了时间地点，放下电话，梁纪在关大勇的名字后面打了个蓝色的钩，表示已通知的意思。

周一晚上八点，办公室匆匆赶来个女孩，长发，雪白的长袖系扣衬衣，灰色窄裙，黑色亮皮挎包，办公楼里刚下班的样子，脸上满是谦恭的笑容，是那种有些甜美又懂世故的女孩。她行动利落轻捷，声音却怯怯弱弱的，容易让人心生怜惜，梁纪想起这声音，接关大勇电话的那个。

"老师好，我来拿关大勇的论文。"

"不是说让他本人来一趟吗？"

"他——呵，他实在来不了，对不起。"

"就这么忙啊，十分钟也抽不出来？"他忍不住提高了声音，"平时上课缺席也就算了，毕业论文这么大的事情也不来？"

"对不起啊，老师，请您多担待，他是真的来不了。"女孩笑着，这么甜的笑容啊，会让人不好意思生气的。

"那怎么办，他的论文框架很有问题，第二部分的论证太弱，还有这里，这里的资料太旧，这里的语言不严谨，你看，不当面说清楚，他自己怎么修改？"

女孩飞快地做着笔记，一字不落地虔诚认真，耳边的长发垂落在本子上，又姿势优美地扬下头："老师您放心，我全帮他记下了。"

"那就辛苦你了，回去好好转告他。"

"好的好的，谢谢老师。"

"下次让他自己来吧，自己的事自己做。"

"嗯嗯，麻烦老师了。"女孩连连点头，走到门口还回头鞠了一躬，"谢谢老师！"

受人尊敬的感觉是愉快的，这女孩礼数周全。梁纪在关大勇的名字后面又打了一个蓝色的钩，表示初稿拿回去了。他猜测这女孩应该是关大勇的女朋友，有这么体贴能干的女朋友，自己就可以偷懒了是不是？下次关大勇来了，他要这样调侃一句才行。

他没机会当面调侃关大勇，来交二稿的还是那个女孩，进门时有些小不安，但马上笑起来，笑着笑着，就心安理得起来的样子，倒让梁纪的些微不快显得小家子气了。

"老师，真不好意思啊，这次又是我。"

"怎么关大勇又没来？"

"是啊！没办法。"

"就这么忙，那他肯定也没有时间修改论文吧。"

"呃——反正也改好了，按照您的要求，老师看看行不行？"

除了几个格式上的小错误，二稿修改得完全符合要求，让人没法挑刺。其实梁纪很想挑出点什么来，挑出点什么来，稍稍为难一下，那个关大勇才会引起重视吧，才肯抽点时间亲自来一趟吧。这些成人学生，实在是太随便、太没章法了。他的小不快一直横在心上，女孩笑得再甜也无法消除。早上他刚刚和一个学生吵过，那个学生的论文一共改了四次，一次是拿单位的总结来混，一次是自己东拼西凑的，还有两次是全盘网上复制，偷吃不抹嘴，连原作者的名字都忘了删掉。却理直气壮得很，拍桌子和梁纪叫板，说什么交了学费就应该给他毕业，他认识的谁谁谁连校长都要赔笑给面子，电大老师算老几。是啊！电大老师算老几，老师的尊严都扫垃圾桶了，谁把你放在眼里，想吼就吼，想威胁就威胁，想无视就无视，想不来就不来。

也因此，他今天的语气有些生硬。

"这是论文封面，一式三份，姓名班别学号论文提纲，照着要求填。"

"好的，好的，谢谢老师。"

"装订好论文，填好封面之后——"梁纪相当严肃地看着女孩，他相信自己的眼神足够冷厉，"必须要关大勇亲自来交，我是说，必须。"

女孩低了下头，这眼神让她害怕了吧："哦。"

"我必须要见他一次，让他给我电话，这是最起码的尊重，无论他多忙，我都等，我都要见他一次。"

"嗯。"

"下个月论文答辩，省校会派教授来，我必须当面把注意事项告诉他，你听明白了吧，必须。"

女孩点点头，又甜美地笑笑，走的时候照例鞠躬、感谢，让他有些不耐烦。

中午吃饭，梁纪和同事周老师说到学生论文的话题，犹自摇头愤愤，周老师劝他想开些："你这个算什么，我上次辅导的一个学生，说是个什么单位的领导，论文是秘书写的，他从头到尾只在答辩会上出现过一次，这太常见了。"梁纪心里忽地明白了，说不定关大勇就是个这样的角色，单位的小领导，公司的小头目，读书只是走过场，混文凭，作业有人帮做，论文有人帮写，这么说，这女孩该是他秘书之类的手下，越想越像了，那个甜，那个谦恭，那个乖巧，那个识时务，那个周到和任劳任怨，他的愤愤还在，凭空又多了几分鄙夷和不屑，连带那女孩的印象分也打了折扣。

关大勇一直没给他打电话，果然是个大忙人啊，他甚至没有亲自来交定稿，他公然无视他，上次那番关于"必须"和"尊重"的话，美女秘书有转告他吗？就算转告了他也是一笑了之吧。这次，连他的甜美女秘书也没来，定稿是快递送到他手上的。论文修改好了，通过了，论文老师就没有用了，够聪明，够现实。

梁纪咽不下这口气，心里和自己较了劲，更想看看这个关大勇是何方神圣。他去找关大勇的班主任李老师，李老师上课去了，桌面上有沓新照的毕业照。顺着后面的名字，梁纪轻易地找到了关大勇，胖胖的身材，笑得煞有介事。他有多忙，毕业照都能抽出时间来照，就抽不出几分钟时间见一见论文老师，可见时间也是势利眼，分给谁都要看值不值。

可梁纪还是想当面会会这个人，不教训他两句似乎这股气就不能平，尽管他知道自己这么较真很可笑，甚至很无聊。

答辩会那天梁纪很早就到了会场，教授还没来，学生们都在下面紧张地准备着，他站在讲台上喊了一声："关大勇来了吗？"

举起一只手："到。"

他的火气腾地冲上脑门，今天来的，竟然还是那个女秘书。

"你出来一下。"虽然压制着火气，但他的声音还是很大，许多学生都回头看。

那女孩匆匆地跟着他来到长廊，脸上有惶恐，却也有着奇怪的坚定。

"你是关大勇吗？"

"不是。"

"你知道今天论文答辩吗？"

"知道。"

"你知道今天必须要本人来参加答辩吗？"

"知道。"

"那关大勇呢？"

"他不能来。"

"不能来你就要代替他？"

"是。"

"是啊，答辩你肯定能比他好，老实说吧，论文是你帮他写的吧！"

"是。"

"到底是什么让你这样帮他？他是你领导，他给你发工资，你就是他的奴才，他让你干什么你就干什么？"

"我——"

"别太过分，就算你们有点权力有点钱，别太过分！"

"不是，老师。"

"叫关大勇来，马上叫他来，别妄想在我眼皮子底下舞弊！"

"老师，教授不知道关大勇是谁，老师，帮帮忙——"她突然掏出一个红包，使劲地塞进他手里，"帮帮忙吧，老师。"

他彻底恼火了，一把推开她："少给我来这套，我告诉你，我梁纪平时最恨以为给点钱就什么都能搞定的人！"

她被他推得退了好几步，眼泪扑簌簌地掉下来。

"你马上给关大勇打电话，你告诉他，这世界上不是所有人都能被红包搞定的！他要么亲自来参加答辩，要么推迟答辩，否则别想拿到毕业证！这件事我还拗到底了！"

她不动，捏着红包站在那里哭。

姑娘，哭是没用的，装可怜也没用，你们必须明白什么叫原则，什么叫底线，不能无法无天。梁纪望了她一眼，也不劝，转头就走，迎面却跑来这个班的班长，一脸急切地为难。

"梁老师，这件事有点复杂，您听我说——"

"别帮关大勇说情，今天就是校长来说情也没用，这是底线。"

"不是，梁老师，我得告诉您，关大勇真的来不了。"

"呵呵，这次来不了下次再参加，反正就得亲自来。"

"关大勇永远也来不了。"

"什么？"

"他去年八月就去世了。"

"什么？！"

"刚才那个是大勇的媳妇，叫橘子，挺可怜的。大勇高中毕业的时候，因为家里穷，考上大学没去读，他说这是平生最大的遗憾。他报读电大就是为了圆这个梦，所以平时上课特别勤奋，几乎没缺过课，每次考试都是班里第一名，可惜去年台风天送货出了事。"

梁纪听得浑身发冷："可我明明在毕业照上看见他。"

"那是我们P上去的。"

"啊？"

"大勇走了，橘子都快崩溃了。她说自己唯一能帮他做的，就是设法圆了他的大学梦。所以她替他上课，替他参加考试，替他做作业，替他写论文，见论文老师，然后替他答辩。这里面肯定有违规的地方，但同学们都心照不宣。"

"竟然是这样。"

"我们知道这样不行，肯定会被揭穿的。可你能怎么劝她呢，她现在只有这个念头，执拗得很。她说死也拿到毕业证，那是大勇的梦想。唉，梁老师您说怎么办呢？"

是啊！这事该怎么办？

回头望望那个哭着的女孩，梁纪脑里乱成一片。

梁纪老师是我同事，他告诉我的这个故事，是真的。

平安夜
的玫
瑰花

他知道她叫龙昭红，英语系二年级（1）班，来自广东阳江。

她知道他叫李春城，计算机系三年级（2）班，是广东湛江人。

虽然算得上是老乡，但他们的认识，还全拜象棋协会的颁奖大会。他是男子冠军，她是女子冠军，两个人低着头在欢呼和掌声中匆匆跑上台，脸红红的，手捧着获奖证书，浑身不得劲，照相的偏不肯放过他们："靠近点，笑一笑，再来一张！"两人飞快地互看一眼，又马上移开。站得那么近，他看到她圆润可爱的婴儿般的小小双下巴，她看到他短短的胡子茬和浅浅的小酒窝，高度还蛮般配，表情也很对称，满场的欢呼，好像是婚礼的祝福。果然下来就有人说："你俩好衬啊！"

是不是自此心怀鬼胎，见面总有些尴尬。开朗的她，矜持起来，爽快的他，腼腆上了。"嗨，打饭去啊！""啊，你也打饭。"心跳加快，想立刻结束这场谈话，她莫名其妙地踩了别人的脚，他又手忙脚乱地把饭盆掉在地上。转身又恨自己没用，拼命检讨方才的语气、表情、手势，更后悔没来得及辨清对方的神态。

在讨论了巴西"4R"组合的优劣之后，他漫不经心地问老乡卢南山："你们系的那个龙什么红，好像跟谁谁拍拖了！"

"是龙昭红啊，老乡啊，离你们那儿才两百多公里。"

"还是老乡啊，忘了是哪个了，才二年级就拍拖了，还有心思学习？"

"不知道拍没拍，女孩子这方面收得很密的，要不，我帮你问问。"

"我问那干什么啊？吃饱了没事干啊，真是！"

他的心里始终留下个结。

送了张《生化危机2》的游戏光碟给师兄卢南山，她装作八卦地问："咱们同乡的师兄好像都有女朋友了。"

"哪有个个都像咱那么畅销！"

"黎清敏有吧。"

"那是青梅竹马。"

"冯保志有吧。"

"他是想有，还没有。"

"李春城一定有吧。"

"好像有，昨晚忘了问他。"

她的心里一沉，竟涌上些酸楚。

要用发愤学习来镇住心里的慌，谁知在图书馆的阅览室撞个正着，心不在焉地说了几句废话，又不约而同地奔到门口想走。回到寝室才发现彼此慌张间拿错了借书证。她拉上床帘，藏在里面细细地端详他的照片，是中学时的照片吧，好小，傻乎乎的，她忍不住笑了又笑。他倒没马上发现，直到第二天去图书馆复印资料，才失笑。捏在手里，不敢用力，生怕唐突了。犹豫了一下，干脆复印了一份，装作轻松地对工作人员解释说："我同学要加入读书会，要复印一张留底。"

人家头都没抬，他却出了一身汗。把复印件迅速叠好，塞在钱包的拉链隔层里。效果不好，炭粉调得太黑，但他如释重负——终于有一张她的照片了。

认识之后，才发现生活中竟会有那么多遇见。

他发现她也打太极。清晨六点的中山公园，湖边，在银发苍髯间，她着鹅黄色的运动衣，从容运气，推手，乌黑的头发濡湿在额角，一脸红霞，身后是初升的太阳，万丈霞光。

"你也练太极？"他挤过去惊讶地问。

她赧然地一笑："我在家就练了。"

"怎么以前没见着你？来，擦擦汗。"

"我跟的那个师父这个月去深圳了，这边的李师父是他亲家。"

"真是巧啊！"

真是巧啊！这间小巷子的酸辣米粉，他竟然也会来吃。

她望着他埋头大干、汗流浃背的身影，再次哑然。他吃得痛快，索性脱了衬衣，黑色背心间，那年轻矫健的肌肉突然让她红了脸。"老板，再来半碗汤！"他猛然转过头，愣愣的她，他的脸更红了。

"是挺好吃的，我也常来。"她找话。

他才想起抓过衣服穿上："你也来一碗，一块吃吧。"

"你有事就先走吧，不用等我。"

"我——没事。"

两人客客气气地坐下，斯斯文文地吃着。真别扭，酸辣粉是要满头大汗吮吸有声才叫够味的。于是谁都急出了一身汗。这时几个女生也来了，有认得他的，夸张地喊："李春城，你请女孩子吃东西啊！"

他不知说什么好，就大咧咧地招呼："哪呀？是刚好碰上的，来吧，你们一起请！"

她突然恨起他来，表情冷冷的，但保持着平常的语气："我要回去上课了，你们慢用啊！"

不看他一眼，就闪身走人。

他就一点食欲都没有了，大碗漂着红油的汤，静静地坐在桌上，还得强打起精神，和那几个女生周旋。

第二天的足球赛，数学系对计算机系。她故意穿了一条红色的吊带裙，很耀眼、很明亮的红。知道他会出场，而且是前卫。

但她却为数学系加油呐喊。

她手举着小旗，跳跃着，大声地用力地呼喊拍手，甚至还在休场时高举双臂和数学系的守门员刘国放击掌。

那团火刺痛了他，总是走神，传球失误，还有十几分钟终场时，被人绊倒，蜷在地上，痛苦地抱着左腿，他突然狮子受伤般地巨吼。

她一下子软了下来，徒然地看着他的同学把他抬走，脚步凌乱，人声杂沓。

咬着嘴唇，眼泪还是掉了下来。

他寝室楼下的相思树边，她徘徊又徘徊着，夜色深了，来去的人一批又一批。能望见那个窗口的灯火，却隔着水千重山万座。

她甚至羡慕那小小的、在灯管下横飞乱撞的飞蛾，至少它们可以飞近他身边。

而自己算什么？

探望的人都走了，他孤零零地躺在床上。

明知她不可能来看他，心却偏偏不死。窗外每一阵女子的嗓音都令他紧张，接着失望。

但他仍艰难地悄悄地把几天没洗的衣服塞好，把床边的鞋摆整齐，如果她来呢，又或者她刚好经过呢？而他终于忍不住嘲笑自己，两个人，也只是经过的关系与感情，捺不住的，也只是自己的多情，又清晰记起球场上红色的刺痛，也许她喜欢的人，正在数学系的队员中吧。无趣之至，便整日蒙头大睡。

连续一周，广播站都有人匿名点歌给他，而且是钟镇涛那首老旧的《祝你健康快乐》。

是室友发现告诉他的："别是什么小师妹暗恋你！"

他凝神听歌唱道："如果我不小心不小心流下一滴泪，那是我不愿意不愿意忘记你是谁。"扑哧就笑，"谁那么酸啊？"

她还以为他会懂，她也只能做这个，猜想他听到点歌时的反应，这秘密的喜悦成了生活的意义。每晚下自修一个人找借口溜开，把写好的点歌信偷偷塞进信箱，有时回到寝室，又借口买东西下楼，再跑到广播站。回来时一个人在星空下慢慢地走，心里似乎很满又似乎很空，更多的还是惆怅，她没恋爱过，不知道，接下去该怎么办，时间好像从没这么多过，要找事情来打发。

她要师兄卢南山帮忙找份家教。师兄说："正好李春城腿没好，下学期又要实习，他那份正找人顶呢，你去吧。"

她假意推了两句，当然还是同意了。

再次见面，她的眼睛里掩饰不住喜悦："你好了吗？"

他却十分平淡："还行。"看到她有点郁郁的神色，始终不忍，又笑着补一句："短期内禁赛。"

"只是每周一晚，周六周日随你定。"

"初二的小男孩，主要补习数学和英语，你肯定没问题！"

"我的数学恐怕忘得差不多了。"

"不要紧，要我帮忙就说。酬劳是一小时20块，我看能不能帮你说说，再多加点儿。"

"不用不用，我才开始教，哪好意思？"她认真地阻拦，有点孩子气。

他看着她笑了，两粒浅浅的小酒窝，很帅，她不禁低下头。

"不过，路有点难走，我给你画了张地图，呃，第一次我带你去一趟，以后熟了就没问题了。"

吃了晚饭，他们就上路了。

这是她第一次和一个男生走在一起，他腿不灵便，走得很慢，而她下意识地落在后面，走得更慢，想说，你腿没好，让我自己去吧，又怕这话太过体贴，笨嘴拙舌地不知说什么，只有专心听他指点。

"先从学校朝北走，坐6路小巴，中医院下车，再转202路大巴，坐到新城公园，往南走50米左右，再过一条人行天桥，注意是朝西边的楼梯下去，有个'99金铺'的大招牌，拐进去，门牌是南湖北路C区2幢，302房。"

她听得晕乎乎的，似懂非懂。

公车一路摇摇晃晃，人多，他们便不再说话，两人坐得这么近，好奇妙的感觉，闻得到他衬衣的皂香味，而她的发丝，在偶尔的转头，也会轻轻擦过他的脸。

有时真希望这车一直这么开下去啊！

到了新城公园，他故意考她："往南怎么走？"

她煞有其事地东张西望了半天，果断地一指："那边！"

他乐了："哎哟，你的方向感这么差，那边是东啊！"看着她不好意思地努着嘴，样子俏丽，他不禁一动。

"南边，在那里，看到没有，那座大笨钟！"

来到家长楼下，那个叫凌惠航的中学生早就等候多时了，一下子冲上来亲热地搂住他："哥们儿，想死你了！"

一大一小你一拳我一脚地抱在一块儿，她抿着嘴笑。

"让你女朋友教我啊！"学生大声地。

"乱说我揍你。"他求援地望着她，怕她会恼。她早已窘透了。

"还没追到手吧，老师，我哥们儿十项全能，一级棒——哎哟，轻点儿吧，不说了行不行！"看着他俩扭打笑闹地上楼，她的心甜滋滋的。

开始上课了，她执意让他回去，终于讷讷地说出口："你腿还没好，回去休息吧。"

他不舍得拂她的好意，又放心不下："你一个人会回去吗？"

她伶俐地把路线报了一遍："再说，我不是有地图吗？"

"实在不行，打电话给我吧，地图上写着。"

在窗后看他趔趄的步子慢慢远去，她心里是甜蜜的温柔和疼。

下课时已经九点，出门来，她一愣，已经开始长雾了，虽然不是很重，但远的地方、高楼全是蒙蒙一片。市声湮没在雾里，她走上天桥，辨不清东南西北，依稀记得是这边的楼梯，下来，走了很久还没看到车站。她只好又折回来，另一边走了许久也是走不通。

她的脑子越来越乱，脚步也越来越乱。雾却越来越浓，无声而又沉着地包围着她。她害怕，好容易看到一个收拾地摊的小贩，急忙上去问路，谁知小贩也不知道。快十点了，路上的车开得飞快，没有要停的意思。她又累又怕，蹲在路边低声哭了。

"龙昭红！龙——昭——红！"有人在远处喊她的名字。

她呆了一下，大声回应："我在这儿呢！我在这儿呢！"

"待着别动，你在哪啊？"是他，是他！

"我这有个广告牌，中国电信的。"

"哦——知道了，我过去。"

一辆摩托车朝她开了过来，黄色的车灯穿过了雾色，在她身边停下。

他跳下车，一把拽过她的手臂："你急死我了！"

她的眼泪本来还没掉完，这会儿更忍不住，"哇"地哭出来。

他被唬得急忙松开手："我不是怪你啊。"

她正哭得痛快，哪里肯停。

他见她可怜，心疼得想把她搂在怀里，终于不敢，一双手不知干什么好，急得要命。

"没事了，没事了，是我不好，我怎么能让你一个人回去。"

"是我——我笨。"她抽噎着，"你怎么会来？"

"我不来谁来啊？"他情急出口，又觉不妥，"你路不熟，我有责任带带你的，走吧，这车我待会儿还得还给人家呢！"

摩托车穿过夜雾，真美的夜雾，霓虹灯在雾里婉约朦胧，如幻。

"这一次对不起啊。"她鼻音重重的。

"你又何止这一次对不起我？"他笑笑地，"开玩笑的。"

她马上明白了，在他身后偷偷吐舌。

"那歌你喜欢吗？"快到学校，她鼓起勇气问。

"什么？"

"那首歌，《祝你健康快乐》啊！"

"啊？那是你点的！"

她一怔，他不希望是她吗？

"喜欢喜欢，我最喜欢张国荣的歌了。"他忙装模作样。

"那是钟镇涛唱的。"她笑。

"什么时候我们一起练太极吧。"他胸口一热道，"我有一式总练不好。"

"嗳。"她轻轻应着。

"那我给你电话。"

"行。"她的笑容无声绽放。

轻舟已过万重山。

那晚一起回来，她第二天眼睛蒙眬，流泪，疼得睁不开，到校医室一看，才知道是"红眼病"，街上正流行着。真是快乐并痛着，她沮丧至极，总不能戴着墨镜去练太极吧，躲在宿舍里，饭也不去吃，想他来电话，又怕他来电话。

两天没有电话，她的心又跌至谷底，难道一切都是雾中幻景？

晚上师兄来找女朋友其霞，见她戴着一副墨镜，笑得嘎嘎响："你和李春城去干什么了？两个人一起生红眼！我知道，我知道，一定是偷看人洗澡撒尿！哈哈！"

她哭笑不得，但心里一松，怪不得他不打电话，原来两人一块儿中招。

别人上自习，她用电锅煮了金银花和板蓝根，满室的草药香气，滤出水，装在保温瓶里，然后，深呼吸，打一路42式太极拳，迅速拨通他寝室的电话。

"你好。"他接电话。

"我是龙昭红。"

"啊——真抱歉，这几天我挺忙的，没时间约你。"他吞吞吐吐。

她笑："其实——我们同病相怜。"

"你是说，你也染了红眼病？哈哈。"他放下心头大石，又紧张地说，"好些吧。"

"好多了，就是成天待在宿舍，好闷，想去外面透透气。"

"现在去，好不好？"

"我煮了凉茶，拿给你。"

"我在电教楼西门等你。"

"嗳，戴墨镜出来，不能见风。"

两人一见面，看着对方黑夜里架得密实的墨镜，忍俊不禁，笑得弯了腰。

"好像特务接头。"他说，她更笑得说不出话。

坐在凉凉的阶梯上喝浓热的凉茶，满天星斗，晕黄的路灯在树丛里。

"这凉茶让我想起我妈，她也经常煮给我喝。"

"清火去毒，我们那儿一年四季都喝凉茶噢。"

"这两天什么都忌口，真是难受。"

"你想吃什么啊？"

"白切鸡，腩肉蒸咸鱼，冰糖猪肘，梅菜扣肉，烧鹅头，想起来真是好香。"

"你这肉食动物。"

"还有一个月放寒假了，到时候回家，对了，吃过湛江的白切狗没，你去我请你吃。"

"狗肉啊，咦——我不要，你到阳江我请你吃炊鹅，风味独特。"

两人正说得有趣，有保安走近望来，一脸警惕。

她悄悄说："看来咱们太像恐怖分子，走吧。"

匆匆起来告别。

"什么时候眼睛好了，我电话约你。"她已经走出老远，他突然在后面喊道。她回头温柔地看他，他突然害羞起来，转身跑步离开。

几次寒潮来袭，天开始冷了。眼睛好了，她心情不错，快到岁末，英语系同人最热闹的圣诞舞会就要举行，她一边往灯管上粘彩带一边想，怎么开口找他做舞伴，可是——

"今年我要请计算机系的李春城做partner（搭档）。"是英语系的文体部长黄毓，漂亮神气的女孩子。

其霞耸肩："哇，那个black man（黑人），哪有梁成文cool

（酷）啊！"

黄毓说："天，够cool了，该李春城warm（暖）一下了，他呀，是Mr. Q（可爱先生）！"

"嗳我记起了，李春城好像在和昭红一起，是吧，昭红。"其霞问道。

龙昭红手里的胶带差点掉下来，若无其事地说："你可别乱说，我们只是同乡介绍家教罢了，不信问你的南山。"停了会儿，又说，"他好像有女朋友了。只怕没空吧。"

"嗳，有女朋友我更感兴趣，你们对我没信心吗？"黄毓是决不后退的角色。

"当然有，怎会对你没信心呢？"昭红言不由衷的。

"你真的不会mind（在意）？"黄毓凑过一张笑脸。

"你很烦啊，我才不管呢，去去，我要干活了。"昭红把她推开。

"等着瞧吧。"黄毓一脸自信。

她闷闷地走回宿舍，讨厌黄毓的张狂，又不住地担心。可是谁可以拒绝黄毓？他也不会例外，那么美的女孩子，身材又好。想着，她竟无端地恼起他来，好像他真的已经和黄毓在翩翩起舞。黄毓是不会失败的，自己又何必凑趣，自讨没趣。她打消了请他的念头，人懒懒的，连舞会也不想参加了。想睡觉，其霞又天天占着电话煲粥，时不时大惊小怪地骇人。真烦。

正巧会计系的陈佩珠来找她："你平安夜有没有节目？"

"怎会有？"她无精打采的。

"跟我一块儿卖花吧，你知道去年杜华好卖玫瑰赚多少，三千多啊！还不够卖，那些男生追女孩子特大方！"陈佩珠兴致勃勃。

"随便吧，反正闲着。"她不想看他们跳舞，打定主意，不去舞会。

转眼就是圣诞前夕，正好是周六，她一整天都陪陈佩珠去郊区花圃拿货，再修剪、搭配、包装，每扎成本不够五块，但佩珠说，"每束花开价一百，下限不低于五十。"

"你好心黑啊！"她叫。

"这就是爱情的成本，个人所得税。"佩珠扬扬得意。

"那凭什么交给你啊？奸商！"她把花上的露水弹在佩珠脸上。

"你好啊你，到时候你那个傻小子买花追你，我非来个更毒的价！"

两人笑骂不已。

回到学校已经暮色四起。在走廊上听到阿静边走边怨："一天到晚霸住电话，别人不用打进也不用打出了，就你有男人追！"

"干吗啦？"她问。

阿静没好气地指指里面："你自己看。"

原来其霞又在煲粥。

她把闹钟指给其霞看，用嘴形说，"你——还——不——换衣——服？"便去洗澡。

又是忙音，他不甘心地放下话筒。再拨，又放下。

等电话用的洪海不耐烦道："你直接找她不就行了，抱束玫瑰，是人都知道你什么意思啦！还用打上一天电话！"

"对啊！"一言惊醒梦中人。急奔出去，又大步折回，在镜子前摸摸头发。

"千古第一美男，快去吧，等会被别人捷足先登了。"洪海调侃他，"真是毫无恋爱经验的童子鸡啊！"

他笑笑摆手。

校园已经热闹非凡了，圣诞老人也已经在派糖果了。处处流光溢彩，笑语喧天。

他心急，脚步加快。看到一个女生正从三轮车上搬下成束的玫瑰花，正好。

"多少钱一束？"

女生见他着急的样子，随口道："一百五。"

他从没送过花给女孩子，自然不知行情，想都没想就掏钱，小心翼翼地寻了一束特别娇艳的就走。

女生倒抽一口冷气，低声道："斩了一只傻鸟，赚疯了！"

不料他又回来，女生正心虚着，却听他说："请给我一只塑料袋好吗？"

"好好。"女生殷勤地找了个红色的塑料袋，卖力地帮他套上，心想："还不好意思，真是纯情。"

她的地盘是女生宿舍门口，第一次卖东西，有点不好意思，把一纸箱花放在传达室，自己手里捧一束，笑容满面地询问在门口等待的男生要不要花。

他没看见她，刚到大门口，却碰到打扮艳丽的黄毓走出来。

"嗨！Sunny boy（阳光男孩），你又说今晚没空，我看到你身边有空。"

"对不起，没有福气做你的舞伴。"他微笑着。

"那又是谁那么好福气收你的花？"黄毓眼尖，夺过他手里的塑料袋，用力地闻着。

她远远地看着他们，手指用力地掐着花瓣，从脚跟往上升起一股凉气，心里冷清一片，没猜错，真的没猜错啊！

有人买花，她机械地卖了，手里突然地空虚，很空很空，可是她迈不开步子。

"龙昭红，你卖花啊。"是数学系的守门员刘国放，今天也来守门。

"嗳，麻烦你帮我去传达室拿一束花来。"她想走，又想看，他笑着，闪闪的两粒小酒窝，黄毓也笑，捧着花，花枝乱颤。

"给你花。"刘国放给她送货。

这时候，他也看到她，还有身边殷勤的刘国放。笑容一下子僵住了。她要了刘国放送的花，红衣服，红色的玫瑰花。前几天的友善默契在脸上无迹可循，故意冷淡的神色，疏远的眼神，是怕身边的人会疑心吧。他的心一阵剧痛，原来如此，本是如此啊！

"喂，李春城，你也会送花啊！"刘国放打招呼。

他无力地咧咧嘴："你们在这儿啊。"

她点点头，不敢用力，怕眼泪不小心就滚下来。

"忘了祝你们圣诞快乐！"他勉强地说。

她也只是点点头。

两人的眼睛都模糊着，千言万语哽在喉头，心哆嗦着、冷着。

好近又好远，而且从此以后，都是远的，是天涯。

他客气地颔首，转身就走，黄毓马上追了上去。

"他行啊，追上你们的系花了。"刘国放不无羡慕。

她掩面冲回宿舍。

"你的花，怎么不要了？"黄毓追得气喘吁吁，"我不拒绝啊，要不要考虑一下。"

他站住，需要张开嘴来喘气，像只受伤的兽。

黄毓歪着头等他。

忽然他低头一笑，虽然有点惨，但眼神很亮。

"谢谢你的好意，我想这花还是给她，不管怎样，本来属于她的，就是她的。"

他小心地拿过花，大步流星地向女生宿舍走回去。

黄毓自嘲地摇摇头。

刘国放终于等到他的女朋友，两人马上黏成一块儿。不料有人猛力一扯他的衣领，他差点儿坐在地上，气急败坏地说："李春城，你想打架啊！"

"你欺负她我就揍你！"

"我欺负谁了？"

"你还装蒜，一脚踏两船！"

"你说清楚，谁怕谁啊？"

"你什么意思？刚刚还送花给龙昭红，现在又搂着这个，要不要脸！"

"你神经病啊，我什么时候送花给她了？"

"你不是给她花吗？"

"她今晚卖花，里面还有一大箱子呢，怎么不说你花花肠子，泡了个系花，龙昭红哭得要命，花都不卖了。"

"啊？"

"你哪去？喂，我还没跟你算完账哪！"

他的心咚咚直跳，一阵狂喜，脚下生风，不顾管理员在后边喊："小子，敢冲女生宿舍，哪个班的？你给我回来！"

她在被子里哭得双眼通红，还好宿舍的人全出去了，不用解释什么。

一阵杂乱轰响的脚步声，有人敲门，她从床上坐起来。

"昭红，开下门。"他的声音，她又惊又喜又恨又委屈。

打开一点口子，低垂着眼："你来干什么？"

"我——找你。"他满腔的话又塞车了。

"你们不是去跳舞吗？舞会开始了吧。"她仍不看他，眼皮红红的。

"我发誓我从没答应过跟任何女孩跳舞。"

她心里骤然一喜，抬眼看到他怀里的花，又噘起嘴："我明明看见你送花给黄毓来着。"

他焦灼地说："是她拿去看的，我今天打了一天的电话约你，上午你不在，下午又打不通，都急死我了。"眼光温柔地把花送到她面前："这花是给你的，这是我第一次送花给人。"

她低着头顺势接过，甜美的玫瑰香气一直甜到肺腑里。然而又想起什么，佯装负气地把花推回去："那你刚才为什么不当着黄毓的面给我？"

"你还说，我气傻了，我看到你收了刘国放那浑蛋的花。"

她憋不住笑了："你才是浑蛋。"

他傻傻地看她，红红的眼，红红的脸，又嗔又喜。

她还不依，扬着下颌，故意地说："你为什么要送玫瑰给我啊？"

"你知道的。"他脸红了。

"我不知道啊，真的！"她天真地瞪大眼睛，悠闲地晃着双腿，让他又恨又爱，不禁冲口而出："是人都知道我喜欢你啦！"

她想不到他这么直接，羞得直低头，两人不知怎么好，傻傻地不说话。

这时听得窗外有人喊："龙昭红啊龙昭红，我下次有钱也不让你赚，什么态度？一扔就跑，太散漫了！"陈佩珠一边数落一边进来，看到李春城，后退一步："啊？"

"嗨，你好，感谢你卖的花。"他由衷地说。

"哈哈哈，客气了，想不到你是买来送给昭红的，真是——肥水不流外人田啊，啊！我很识相，我不打扰你，后会有期。"说完陈佩珠就溜。

"等等，她多少钱卖这玫瑰给你？"昭红忙问。

"多少钱又怎样？我对你的感情是无价可估的。"他深情地说。

"告诉我，好吗？"

"一百五十。"他不解。

"好黑心的奸商，追她去。"昭红笑骂道，拽过他就走，却见陈佩珠在楼下喊："辅导员来抓人了，小子快逃啊！"

"快走快走。"两人又紧张又好笑，飞快冲下楼梯，从后墙翻过去，跑过草场，手拉手汇入欢庆的人海。

真
在
一
个
路
口

说
不
下

谁
说
爱
下
路

认识燕妮的那天，程禹记得，其实并没有多冷。

他只穿了一件薄毛衣，袖子还卷得老高，上上下下搬了几趟书，鼻尖上都沁出了汗。表哥开的这个书吧叫"达人"，颇受本城知识男女青睐，一年到头的搞活动，一年到头的那么多人，这次也是，主题是"图书漂流"，国外很流行的阅读理念，就是把自己念过的书附上字条，"丢"在公园长椅啊、咖啡馆桌子啊，博物馆走廊啊这些公共场所，期待有人拾起它共享阅读的欢愉，并且继续传递下去。

屋里人太多，程禹热了，独自溜到门廊透气，于是他看到那女孩，她正仰着头站在海报前，一字一字声音清冷冷地读着："不求回归起点，唯愿永久漂流。"

她的背影有点厚重，那是穿了太多衣服的原因，雪白的羽绒服像一件大鸟的羽毛，从上到下把她包严，头上半围着一条绒绒的冰蓝色围巾，突然转过头望来，也看不清她的脸，只露出一双清寒的眸子。

程禹热情地笑着："进去吧，快开始了。"果然也听得一片掌声后主持人的声音，女孩还站着不动，程禹干脆一把抓住她的袖子跑进去，女孩轻飘飘地被他拉着，程禹心里不由得纳罕，她到底穿了多少衣服，又或者她到底有多瘦小，抓在手里的好似只得绵软厚实的棉花，不知她的骨头在哪儿。

他们站在人群里，无法站得不近，很近，程禹低下头，就能看清她的睫毛，长长的，有点卷。

"你把围巾脱了吧，不热吗？"程禹低声道。

女孩眼睛也不抬地说："我冷。"

"还冷？你看我这一身汗！"程禹惊讶地说。

女孩慢悠悠地瞟他一眼："我冷。"

然后就是会员报到，程禹紧张地听着："卢燕妮——""来了。"那女孩轻轻应道，程禹这才松了口气，心里忙紧紧记住。

满室的书，燕妮只选了这本，《心的漂流哪有尽头》，程禹探过头问："这是什么书啊？书名哀哀切切的。"

"我只喜欢这个书名。"燕妮道，要走的样子，在门口，她重新把围巾围上，门角的挂钩牵了她围巾的流苏，程禹上前细心地解下，又笑着说句："没有这么冷吧，我一点都不冷。"

燕妮停停，道："因为你的心是热的。"转身就出去了，程禹还傻愣愣的。

程禹哪里知道，燕妮那时的心境，她的冬天老早就开始了，早到那年夏天，满树的蝉声里，细碎的阳光从榕树叶子里掉在地上，都是连不成线索的点儿。贺韬约她出来，她的心情很好，贺韬出国的事定下来了，这当然多得父亲的提携，要知道公派研究生的名额多么金贵，要不是父亲疼她架不住她的绝食啊撒娇啊，贺韬就是排到后年，也进不了十名内。

"你要怎样谢我，告诉你啊，别想一个吻就混过去啊！"燕妮红着小脸，亮晶晶地看着贺韬。

贺韬看着她，眼神复杂："燕妮，我知道怎样谢你都不足够。但即使这样，对不起，我也无法用一生的爱去答谢，真的对不起。"

燕妮惊愕地看他："换个别的开玩笑好吗？"

"不是玩笑，我的爱不多，但是早给了别人。她早我两年去美国，一直在等，我必须给她个交代 。"

燕妮苍白着一张脸，一句话也不说。

"我承认你很好很可爱，只是——"听不清也记不清贺韬还说了什么，燕妮只是觉得冷，她摇摇晃晃地回到家，妈妈在厨房里，燕妮哆嗦着靠在厨房的墙上，无力地说："妈，给我碗热汤喝吧，好冷。"

当事时室外34摄氏度，阳光白热，而燕妮漫漫的冬天却提早开始了。

却说程禹，那次之后就一直忘不了这女孩，没有原因，想不出什么原因，反正一静下来，脑子里自然就是她的样子。

他查到燕妮的地址、电话，又不敢明找上去，就装作顺便经过的样子，倒是有几次真的遇见了她，他高兴地大叫燕妮，她只是淡淡的，好像一切都提不起兴致。

但两个人总算是熟了，偶尔也在一块儿散个步、喝杯茶什么的，他们有时说话有时看风景，程禹带她怎么走，她就怎么走，她还是一成不变地穿许多的衣服，整个人裹在衣服里，只露出一对眼睛，空寂的冷。

这天，燕妮的书总算看完，打算找个地方"丢"下，让它永久漂流。

程禹陪她坐地铁，起点站，车厢里空荡荡的，灯光雪亮，列车飞速行驶，穿越无数黑暗，燕妮低头翻着书，她看书的样子真好看。

"这书讲什么？好看吗？"程禹问。

"不记得了，我看书边看边忘。"燕妮拿出一管唇膏，重重地涂了唇，然后在书的尾页上，印了一个小巧的唇印："我的记号！"她难得地笑了，很纯真的样子。

程禹心头一热，大着胆子道："燕妮，我有个问题。"

燕妮回头奇怪地看他，程禹热情地说下去："我，能不能做你男朋友？"

燕妮脸色一白，心里猛地痛了一下，当初贺韬也这么说过吧："燕妮，你真可爱，我能不能做你男朋友？"

她眯起眼睛，努力地把痛抹下去勉强地挤出一丝笑意："程禹，我们做朋友好了，别谈爱情。"

程禹红了脸："为什么？我是真心喜欢你。"

又是这句话，难道男人只有这两句，就足以俘获一个女子的心，那么容易骗了来，然后又那么容易地弃之不顾？她的心头浪涛奔涌，眼泪几乎要冲出来。

海大站到，很多学生上来，一个栗色短发的女生背着画夹在燕妮身边坐下。

燕妮慢慢道："我不信这些，不会再信了。哪有那么多真的喜欢，算了好吗？"

　　程禹不甘心："燕妮，我不知道以前发生了什么，但是，我想在你身边，对你好，陪你、爱你，真心的想，至少你给我个机会。"

　　燕妮站起来，把手里的书留在座位上，下车。程禹紧跟出去，燕妮回过头，讥谑地说："好，我给你机会，但我要和你打个赌，如果刚才丢下的那本书，有一天能回到我手里，那么我就答应你！"

　　程禹不及应，眼睁睁见车门关闭，车厢里，栗色短发的女生好奇地拾起那本书，而列车疾驰如风，瞬间不见踪影。

　　"事实上，那是不可能的，对吗？只有永久漂流，哪能回归起点？"燕妮笑笑，转身。

　　程禹在她身后忽然喊道："好，我和你赌，我一定把这本书追回来，让你知道，我是认真的！"

　　燕妮不应，乘着自动扶梯上楼，程禹没有跟上来，他拧着浓眉站在轨道边出神，那样子，有些无辜。

　　那次之后，很久不见程禹，有时燕妮会想起他，不知忙些什么呢，大概是有了新的目标，把她的难题忘得干净了，燕妮笑笑，有些自嘲。

　　这猜想终于有了证实，周末燕妮和女友在怡兰咖啡坐，透过玻璃看广场的喷泉，喷泉边坐着逛街小憩的女孩，这时候她看见程禹，笑容灿烂，他主动向女孩们走去，不知说了什么笑话，把大家逗笑了，他果然擅长哄人开心，很快一个秀丽的女孩已经和他说得投契，看他掏出笔记本在写什么，是在互留电话吧。燕妮转过头猛喝了一大口咖啡，又冷又苦地险些呛了喉咙，她知道，自己是有些在乎的。

　　不觉这城市已经入春了，空气润润的，树上有鲜嫩的绿芽，但天气乍暖还寒，燕妮还是舍不得换下冬装，她去海大图书馆找书，路过布告墙，广告招贴满墙飞，有想租房的人上去掀了一张最新的海报，露出底下那张旧的，红底黄字，有点褪色了，但还是这么耀眼。燕妮随便瞄一眼去，"找那本书，为我所爱的人，只要她不再寒冷，我愿倾注所有的热情"，下面是所找的书名、书的记号，遗放的日期、地点，还特别指明在场的女生是海大站上车的，背着画夹，应该是艺术系的等，最后有联系电话和大大的两个字"重酬"，时间是，哦，十多天前了——原来程禹努力过的，但是结果定是不果，所以不敢再来见她。

燕妮想了想，拨了程禹的电话："程禹，我看见你贴在海大的寻书广告，很不容易吧。"

那边程禹的声音却很惊喜："燕妮，听到你的声音太好了！我真想你，但是我对自己说过，不找到那本书，就不见你，我不要你的心永久漂流。"

燕妮道："我说算了，不过是我一时的玩笑，你何必当真？"

"当真，我非常当真，我必须证明给你看，就算以前走了不少冤枉路，都不要紧，谁说真爱不在下一个路口？"程禹大声说道："而且，我都快成功了，怎么可以放弃？"

"啊？"

"是啊！天下没有找不到的东西，只要你肯去跑，我先在海大打广告，找到那个艺术系的女孩子，女孩子那天是拿了书，但她看完就放在博雅画廊的陈列架上，我调查了那段时间去画廊的人，有很多是客村的业余画家，就跑到客村打广告，等了几天，找到那个拿了书的画家，他是在怡兰咖啡馆看完书的，就顺便留在那儿了，好，咱就去怡兰，怡兰的店员说，附近公司的女孩子都喜欢来喝咖啡，冬天冷，喝完咖啡就去下面广场晒太阳，不过喜欢看书的好像不多，好像有一个，平时总背着一个桃红色有加菲猫图案的手袋——"程禹一口气说道。

燕妮的鼻子有点酸，她把电话换过左耳边，认真地听着。

"周末下午总算等到那个女孩，一帮人正在喷泉边晒太阳，她也在，果然是她拿走了书，而且非常欣赏这个点子，为了让书漂流得更远，她让弟弟把这本书带到了上海——"

"啊？上海——"燕妮惊呼。

"是啊！不然以为我现在在哪里，我来上海两天了，一切都很顺利，在复旦找到女孩的弟弟，正好她弟弟刚刚把那本书交给女友，让她上班的时候留在外滩的长凳上，现在我已经追到了外滩，呵呵，黄浦江真美啊，啊，我看到那本书了，在凳子上呢，哎——等等，不好，捡废纸的老太太也看到了，我回头再和你说。"

燕妮放了电话，耳朵热热的，脸颊也热热的，她长长地舒了口气，透过长了嫩芽的树枝看看天，有雨丝，细细的，又温柔又清凉，她不觉地跑了起来，雨丝落在她的发上，晶晶亮的，她越跑越快越跑越有劲儿，到家的时候，已经出了一身的汗。

在门廊上，燕妮脱掉厚厚的外套，轻快地对妈妈喊着："妈，今天真热，春天真的来了啊！"

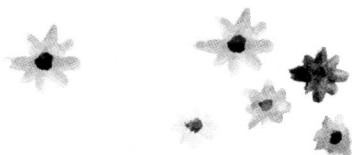

有人问你

粥可温

　　"我和你完全不同，你是牡丹般绚丽热闹，我像叶子一样朴素沉郁，你是诱惑，好大好大的诱惑，如果一个男人很容易就被你吸引，那么他必然不适合我，必然不是我要等的那类人——"

等一个爱上叶子的人

所有人都不懂，为什么每次相亲，阿颜总是叫上绯儿。

如果说闺中女儿含羞，一定要拉上个亲密的女伴，那也轮不到绯儿，她们不过是大学体操队的队友，毕业了刚好公司在同一个区，有时在同一个餐厅吃饭碰巧了，就各自拎了手袋，端了盘子坐到一桌来。

绝大多数的时间，是绯儿在说，阿颜笑眯眯地听，静悄悄地吃，周围的人都扭过头看绯儿，看了一眼犹不止，还恋恋地偷偷地多看几眼。

绯儿很漂亮，这是当然。

漂亮而且张扬，永远不穿素淡平凡的颜色，黄，要明黄，红，要火红，绿，要果绿，就是银色，也要那种光闪闪的璀璨的亮银。

她说话又快又伶俐，笑声咯咯咯的，明艳的锋芒简直密不透风，让人喘不过气，谁也别想抢了她的场子，最好乖乖就范，在美人面前投降吧。

　　就是这样的活宝，阿颜竟然每次相亲的时候，都带着。

　　"喂，绯儿，今晚去云河吃饭好吗？"

　　"这么好的生活，不用说肯定是见男人。"

　　"你就来吧，陪陪我。"

　　"不怕我抢你风头啊，要不要我化个丑丑的妆？"

　　"当然不，有多漂亮就穿多漂亮！"

　　绯儿心思单纯，又是年少气盛，一刻也不肯让美丽寂寞，果真打扮得艳丽招摇，一进来就把阿颜比下去了。

　　阿颜永远那样，夏天，白衬衣，浅灰色的棉布裙子，冬天，纯黑色的长风衣，里面一件高领的羊毛衣，雪白雪白。

　　她也不多话，淡淡地笑着，从从容容的，好像永远不急。

　　她的清雅朴素自然也是一种风景，可惜永远不够绯儿的富丽堂皇抢眼，可是，她完全可以避开啊。

　　阿颜真是糊涂了。

　　那晚在云河，初见张楚生，中大的计算机硕士，有一家五十人左右的电脑公司，开一辆最新款的帕萨特领驭，文质彬彬，潇洒倜傥。

　　这是妈妈打着灯笼寻来的金龟婿，千叮咛万嘱咐阿颜抓紧机会，机不可失，时不再来。

　　灯火淡淡的，人影暗暗的，张楚生和介绍人先到，阿颜点头微笑落座，端过柠檬水，不及入口，忽地耳边环佩叮当，细细鞋跟笃笃，绯儿一阵风似的进来，笑得咯咯咯的："阿颜，我刚才竟然走错了路——"

　　瞬间，灯光更淡，人影更暗，只有绯儿，光彩照人，张楚生眼睛一亮，悄悄地转向介绍人："她是谁？"

约会换了角色，绯儿自然表现英勇如常，张楚生倾慕得五体投地，开始的时候，出于礼貌还偶尔回顾一下阿颜，到后来，两人言语热烈投机，简直不知身在何处，猛地醒转一看，阿颜不知何时已经走了。

母亲的唠叨恨恨的足有半个月，阿颜独心平气和，也不辩白，也不懊恼，该干什么就干什么。

绯儿倒有些理亏，在餐厅再见阿颜，鬼鬼祟祟地不知进退。倒是阿颜大方，叫她过来点吃的。

绯儿和张楚生热闹了一段儿也就散了，两个人都是潇洒的现代男女，要的是及时行乐和新鲜热辣，激情用完了就挥挥衣袖，不带一点泥水。

转眼又有人给阿颜安排了约会。

男人叫李振，市海关的办公室主任，风度翩翩，年轻有为。

母亲不放心，点名不准带绯儿去，阿颜笑，这有什么。

母亲不答，钻进书房翻出一本旧小说，左拉的《陪衬人》："看看，好好看看，好好一朵花被衬成了叶子，你糊涂不糊涂？"

阿颜笑道："你怎么知道我就不是等那个爱上叶子的人呢？"

母亲气："人人都爱花，哪个会爱叶子？"

阿颜还是笑："所以我要仔仔细细地找啊，老妈！"

结果阿颜还是带着绯儿去赴会了。

绯儿这次学会了收敛，虽然做配角她实在缺少经验。

李振很周到，和阿颜说话，也不忘绯儿。而且绯儿发现，他望来的眼光虽然不敢太过直接长久，却有收不住的慌乱和迷惑。本能的虚荣让她得意，这一得意就难免忘形，她的口齿开始活泼，她的眼神开始流动，她又一股脑地抢了阿颜的风头，情不自禁啊。

阿颜仍是安之若素。

绯儿回去良心发现，不安极了，晚上睡不着，哀哀怯怯地打电话给阿颜："对不起对不起，我真不是故意的，我真不义气，见了男人就忘了朋友。"

阿颜叹口气，轻轻的。

"我太对不起你了，阿颜，那个李振打来许多电话短信啊，我都不理他，我知错，我认罪，我该死，下次不敢了行不行？"

"绯儿，我从来没有怪你。"

"我坏了你的好姻缘，你还不怪我，骂我？"

"绯儿，张楚生也好，李振也好，都不是我的好姻缘。"

"那你还要求什么样的啊？"

"我不知道，至少——"阿颜欲言又止，"睡吧，我困了。"

转眼一个季节就过去了，女孩的青春快如白驹，绯儿恨不能秉烛夜游，把人间的快乐声色五彩缤纷一口饮尽，她忙着恋爱，分手，恋爱，身后永远有人捧着鲜花拔腿在追。

阿颜却在寂寞里来去，她一个人背着行囊去西藏，骑着自行车到野外听鸟，钓鱼，每个周六晚上，她都去社区的老人院里，陪老人们下下棋，唱两段粤曲，偶尔带去自己做的几味小菜，哄得那些老人家开心上一晚。她还报名学瑜伽，学插花，看起来也是挺忙的，但用母亲的话却说："一个人傻忙！"

第二年夏天来的时候，周迪出现了。

不知道是碰巧，还是社区老人的有意撮合，反正这个清凉的夏夜，阿颜遇到了周迪。

一看他就觉得不同，三十多岁的人，穿着米白色的棉衬衣，笑起来温文尔雅，据说他是个大学老师，闲余开了间茶室，生意不好不坏。这儿有个老人曾是他的中学老师，周迪便常来，带些好书好茶，还有好点心。

见了几次，阿颜便觉得和他很熟了，那种熟在心头的感觉，是很难说出来的，其实他们的交谈并不多。有时候两个人一起走回去，都喜欢在珠江边慢慢地走，风凉凉的，不说话也很舒服。

而有些细节是很让人难忘的，譬如那天他们的手机先后响了，呵，铃声竟然是一样的。那是一首很少人知道的藏语歌，阿颜去西藏阿里的时候下载的。她惊奇地看看周迪，周迪也有点惊奇："我去年九月在阿里——"阿颜马上接到，"我八月底离开。"

再譬如两个人走着走着，突然前面的路灯特别明亮，不小心低头一看，才发现两个人的衣服都是白色裤子都是浅啡色，甚至都穿了一双平底布鞋，默契得让人心虚。

继续下去一切便都顺理成章了吧，然而阿颜却说，我带你认识个朋友吧。

周迪的茶室，简朴古雅，茶香缭绕在竹藤桌椅间，张子谦大师的古琴曲若有若无。

绯儿依然是艳光四射，夺人眼球，然而在这里，她好像拘束了起来。

周迪却没多注意绯儿，他只是云水不惊地给大家沏茶，盯着阿颜抿了一口茶，赶紧问道："好吗？"阿颜颔首，他便笑了。

绯儿见此，忍不住笑道："这是你们的地盘，你看你们生来就是一路的，我都快被晾成鱼干了！"

阿颜笑，深深地，趁周迪招呼客人，她笑道："绯儿，我要告诉你一个秘密。"

"什么？"

"其实一直以来我也该谢你，每次带你出来，其实是想试试那些人。"

"啊？"

"我和你完全不同，你是牡丹般绚丽热闹，我像叶子一样朴素沉郁，你是诱惑，好大好大的诱惑，如果一个男人很容易就被你吸引，那么他必然不适合我，必然不是我要等的那类人——"

"啊，你这狡猾的妮子，利用我！"绯儿叫。

"还说，我们各取所需，你有你的牡丹花下客，我也等到我的绿叶知心人啊。"走的时候，绯儿在门口逗鸟，阿颜去了洗手间。

忽然周迪走上来："绯儿，我有话想和你说。"

绯儿收住笑脸，心里一动，这男人难道也——

"或者你给我电话号码好吗？这里说不方便。"周迪望望洗手间的方向，有些不好意思，"我不想阿颜听到。"

绯儿冷笑一声，心里有了主意，她取过周迪的手机，按了自己的号码。

"我今晚打给你——"周迪笑笑转身。

绯儿远远地看着他们言语晏晏的样子，阿颜幸福的样子好美，绯儿没来由地担忧，又隐隐地愤然。

晚上绯儿约了阿颜喝咖啡，她是想当面为阿颜见证些什么，可能会有些残忍，但强于被骗，绯儿一把银匙来回地搅着咖啡，装作随意地说："你真的那么看好他，如果，如果他也和别人一样，偷偷地要了我的电话，背着你来找我呢？"

阿颜有点惊奇地望她一眼："这证明什么？"

绯儿深深地呼吸一下："对不起，我只是怕有人骗你，你不可以对一个男人那么自信的，男人，是没有类的，他们都一样。"

"绯儿，你想说什么？"阿颜的脸色有点白，但语气还是很镇定。

此时绯儿的手机突然响了起来，绯儿看了阿颜一眼："你看，这是周迪打来的电话，他说有事告诉我，却不想你听到——"

绯儿甩甩头发，接通电话。

"绯儿，是我周迪。"

"我知道是你，我和你没什么好说的，我对你一点兴趣也没有！"绯儿咬牙切齿地回应，忽然，她的脸慢慢地涨红了，因为电话那边的周迪莫名其妙道：

"什么？兴趣？哦，我只是想问问，因为你是阿颜的好朋友，你知道她喜欢什么花，玫瑰、郁金香还是百合？我在花店，要马上下定，因为明天，呵，明天，我想向她求婚——"

"哦啊，"绯儿松了口气，咯咯咯地笑开了，"好的好的，我告诉你，她什么花也不喜欢，她只喜欢叶子，好多好多的叶子！"

阿颜装听不到，把脸偏了望窗外。

呵，窗外，初夏的树，好绿好绿的叶子啊！

幸福是从家里开始的

那年秋天，河山并没有爱上谁的打算，虽然表妹很热心，一个劲儿地要给他介绍。他推不掉，就怏怏地去了一趟，好像开会列席，上班签到。

已经忘了是哪间茶馆了，只记得那天喝的是铁观音，淡淡的茶香。那个女孩叫小雯，说话细声细气的，他暗里嘀咕了一句"真是不比蚊子响啊"，为这个，他竟顺便记住了她的名字。

河山还是没有爱上谁的打算，一是他现在什么也没有，连住处也是公司的楼梯间，又矮又湿，要使了狠劲才塞得下一床，一桌。薄薄的门外，整日里有无数只脚上下往来，把他的午觉踩扁碾碎，他恨恨地骂，帝国主义的铁蹄！

再就是，那个叫小雯的女孩没有激发他多大的热情。她太平淡，平淡得一转身离开，他已经记不起她的模样。

表妹不死心，隔几天打电话游说一番，再后来，就不只是说说，她变着法制造机会。

这天河山要她送份急用的资料，出门前表妹打电话说脑袋疼，只好交代小雯中午顺路送来。"真的顺路呢，小雯家就在附近。"表妹笑嘻嘻的。河山哼的一声回敬："你真是脑袋疼吗？讲大话嘴巴就不疼？"

小雯很快到了，河山站在门口对她说谢，再打量一眼，她还是个平淡的女孩。屋子太窄，他没打算让她进去，但是小雯细声细气地说："我能喝杯水吗？"河山有些歉意，秋老虎的天气，女孩鼻尖上沁着汗，毕竟麻烦人家跑一趟，连口水都不请人喝，太说不过去。

他有点儿尴尬地招呼她进门，这尴尬很切实，单身男人的宿舍常年都像抄家现场。河山把床上的衣服被子卷雪球似的一堆，空出一点坐的地方。然后是找水，他的屋子从来没煮过开水，嫌麻烦，就整箱买纯净水。现在他翻来翻去都是空瓶子，出了一身的汗，可不是那么巧，纯净水都喝完了。

小雯耐心地坐在那儿，很安静地等。河山窘迫地说："你等会儿，我很快回来。"他去了只有两分钟，去楼下传达室讨了碗热水，真难为情，他连个像样的杯都没有。回来一看，觉得屋里好像亮了些。

那是因为桌子，桌子原本横七杂八地挤着书、报纸、唱片、球拍、啤酒罐、塑料袋，吃剩的面碗，或许书报下面还压着某天失踪的一只袜子，河山心虚地想。而现在不同了，唱片在书上，书在报纸上，一摞齐齐整整地摆在桌角，空啤酒罐和剩面碗收到塑料袋里，扎紧了口放在门边，桌子擦了，明亮开阔，黑色的笔架旁，赫然坐着一个红苹果，又光鲜又活泼。

小雯有点慌："不好意思，我闲着就把桌子理一理，你不喜欢是吧，动了你的东西——"

河山忙把水端过去："没关系，没关系，嘿，不好意思的应该是我，卫生间大的地方，乱得像个狗窝。"他说着用手指指门楣，上面有他即兴嘲弄式的几笔书法，"维生间"。"赖以维生的楼梯间，不比卫生间好多少。"他自嘲。

小雯笑了，这女孩笑起来很温暖，像朦胧的晨曦："没那么糟糕，至少是个自己的地方，你看，你的名字河山，河有水，山有云，不如就叫水云间？"

河山心里一动，嘴上却仍在笑她："你们女孩真浪漫，这样的屋子都可以美其名曰，那这碗白开水不是也成了茶？"小雯飞快地回道："就叫玻璃茶。"他们继续逗趣："外面那水泥楼梯呢？""就叫上下求索。""大门口那个堆满垃圾的碎石坡呢？""不妨就叫吉隆坡。"两个人同时笑起来，河山好久没这么开怀地笑过了。

送小雯出门时，河山突然想起问："对了，我桌子上那个苹果——"小雯笑，"噢，那是同事给的，我看放在那儿挺美的。"

晚上临睡前河山又想起这话，细看看，红苹果，黑笔架，甜美富足的香气，确实挺美的，他也就一直没舍得吃。

小雯再来的时候，除了捎去表妹交代的最新资料，手上还捧了盆植物。这次河山有进步，屋子草草地拾弄一下，他见小雯踮高脚把那盆植物放在窄窄的窗台上，插嘴说："恐怕会白费了你的好心，我没心思理它，更何况在这么个地方，不知何时就搬了。"小雯回头笑一笑："自己住的地方，哪怕住一天，也要好好过，就像家一样。"

河山的心又动了一动，他觉得这句话很有意思，很值得想一想，但是一群人正上楼，脚步踢踏地踩过他的门，他皱着眉头叹气："家？你听听，铁蹄下的家吗？"小雯竖了一根手指在嘴前，让他安静："你换种想法听，来我跟你打个赌，我猜刚才上去那个脚步声是个穿运动鞋的女孩，她今天的心情很不错！"河山又给她逗乐了，小姑娘挺有意思的，她就有这个本事，让你在百无聊赖里发现一些有趣，这个她可一点都不平淡。

资料越送越多，两人也越来越熟。河山的水云间是一点一点变，有时候他自己都糊涂，什么时候多了个新暖瓶，柔软的鹅黄色，墙上挂了木框的版画，淡蓝色的江南水乡。他感觉到一些细节的方便，牙签在玉米形状的牙签盒，纸巾在森林小屋造型的纸巾筒，所有的鞋刷鞋油都安放在墙角的小盒子里，熬夜写稿的时候，拉开抽屉有成罐的蛋糕和立顿绿茶茶包。而此时，窗台上那盆不知名字的植物已经开了花，闲闲地吐着清香，他觉得很舒服。叫作水云间也好，他喜欢这个自己的地方。

他也喜欢她，他想，是的，这喜欢如朦胧的晨曦，暖洋洋的，和煦，温暾，但好像欠些火候，这个时候，卢璇出现了，她是那种漂亮热情的女孩，让人看多一眼就心跳加剧，她爱上河山，就当着大庭广众嚷出来，同事们围着他们起哄，河山红了脸，找不出拒绝的理由。

而小雯，还是一趟趟为表妹跑腿，一如往常地勤快妥帖。这天，河山摆了求人的笑脸："小雯，我知道你最能干，这几天我出差，正好请你把水云间布置一下。"他取出备用钥匙和一沓钱，有点讪讪的："我有个女同事，下周会来做客。"

小雯愣了愣，马上好像明白过来似的"噢"了一声，然后就笑笑地接过来，好像若无其事，但也再没说什么。

这南方，一场冷空气就入冬了。河山出差回来，卢璇已经等在车站。路上寒风凛冽，他俩谈笑着一同回到水云间。开门的时候，河山突然有些担忧，小雯会不会改变主意，她很可能改变主意的，凭什么呢？凭什么给别的女人布置一个幽会的场所？门开的时候他长长地舒了口气，同时听到卢璇惊艳的尖叫声："哇，你这破楼梯间原来这么有情调，真雅致，真舒服！"河山只是笑，其实那笑里还有着感激，小雯这样的用心出乎他的意料，她用心得让他有点酸楚。卢璇在转圈，扯扯碎花窗帘，摸摸浅绿色的床单，看看橙色地毯的图案："哇，这简直是个温馨的小家，如果墙上再挂一张结婚像，河山，我会以为自己是第三者插足幸福家庭！"

这时卢璇看见摆在门口的棉拖鞋，小雯善解人意，好像知道天会冷，特意买了两双情侣棉拖鞋，粉蓝色的两只小熊在鞋面上生动着。卢璇嚷着高跟鞋走得脚疼，很自觉地要换鞋。见她兴致勃勃地准备往脚上套，河山突然有点心疼，这么漂亮的拖鞋，小雯肯定是喜欢的，她来了许多次都没穿过一双好拖鞋。他想着，不由得说："别换了，等会儿还出去吃饭呢。"顺手把那双拖鞋原样摆好，不注意卢璇的不高兴。

拿杯子倒水的时候，河山又犯了同样的迟疑。暖瓶的水很烫，像是早上才煮的，小雯买了两个新的陶瓷杯，洗得白亮。他想起她第一次来，他给她装水的破碗，不忍心起来，想想，拿了个一次性纸杯倒水给卢璇。

女人的直觉是不可理喻的，或者是河山的恍惚令人起疑，卢璇喝着水问："我才不信这屋子是你自己收拾的，看看你办公室的桌子就知道你是个懒人。"河山应道："噢，是我表妹的朋友。""她是钟点工还是家政工？""嗯——"河山心不在焉地答，他正盯着卢璇闲着的那只手，它有意无意地扯着灯罩的小线头，河山记得这灯罩，别人淘汰的旧东西，破烂得不像话，是小雯，亲手买的米色麻布，一道道不嫌烦地压出条纹褶子，再用粗针一线一针地缝好的，现在卢璇那染了蔻丹的手指无聊地扯着线头，眼看就要扯长了，他忍不住大声起来："别扯那个灯罩，小雯花了不少心思缝的。"

卢璇冷笑一声："说老实话了吧，原来还有个小雯，我说呢，哪个钟点工能把墙纸每一寸都压得这么漂亮，哪个家政工能给暖瓶织个彩色毛线套？"她抓起手袋愤愤离去，河山想该追一下吧，他跟着出门，外面风急，"啪"的一声把门关上，他回头看看，突然想起什么也没带。

他抱着肩跑到传达室打电话，小雯的声音听不出感情，他讨好地说："我从水云间出来没带钥匙，风把门关上了，现在我冷得不行，连杯热的玻璃茶也没有，只好在吉隆坡跑来跑去上下求索地热身。"这时他打了个响亮的喷嚏，小雯叹口气说，"好吧。"放下电话他觉得心里开始踏实，这时天刚擦黑，冬天的夜分外荒凉，这个城市可以很冷，亦可以很暖，而冷暖此刻只取决于一道门，幸亏有一把备用钥匙在小雯那里，这个念头忽然很奇怪地令他有一种相依为命的感觉，他真想她。

小雯很久才到，河山哆嗦着牙问："你家不是很近吗？这么久没什么事吧？"小雯看了他一眼，把钥匙递过去，准备走的样子："其实我家一点都不近，我过来，搭的士都得大半个钟头。"

河山一愣，喷嚏适时地响了几个，他狼狈又虚弱地恳求："我头昏，发热，给我弄点吃的再走行吗？"

被子很暖，新洗的床单散发着芬芳，河山老老实实地躺着，开了点音乐，轻轻地，他看着小雯忙活的身影，她的动作利索而优雅，河山没有厨房炊具，但是唯一的电饭煲和简单的材料难不倒小雯，冬菇火腿面煮出连绵的香味，暖热的蒸汽在小房间里氤氲，连灯光都朦胧温暖了，他闭上眼，无尽地舒适和安然，这家的香味儿。

好像睡了一觉，他自梦中醒来："小雯——"小雯忙过来问："你要什么？"河山看她，很细很细地说，"还能要什么，这个时候，我再不要你的手，我就比猪还蠢了。"他顺势拉过她的手，她的手不出所料，很暖。小雯低下头细声细气嗔了一句："猪哪有你蠢啊？"

去年底我和河山的表妹去参观他俩的新居，房子很敞亮，他们的小男孩快乐地跑来跑去，这个温馨的家无处不体现着女主人的智慧和爱心。小雯切水果的时候，河山笑着对我说："陈老师，我看到你在《广州日报》的文章，你说女人要收拾一个男人，是从收拾他的屋子开始的，呵呵。"我还没答话，河山的表妹快嘴地抢过去："还不美死你了，结果给你收拾出这么幸福的家！"

≈

402
的胡子

　　校医院窗外满是波罗蜜树的叶子，阔大肥绿，遮盖了往前的视线。

　　但即使遮住了，她也能看见，往前两百米，那火红色的钟楼，再往左三百米，那开着花朵的凤凰树，转过去，拐个小弯，便是米黄色的宿舍楼，第三个楼梯口上去，四楼，402，那里曾住着，胡子。

　　李微记得那是个深秋的晚上，下着雨，她跟周医生去学生宿舍出诊。心里带着点小别扭，因为同事小廖告假，她已连续值班五晚，而且今天还是周六。秋雨来得急，她的鞋和裤脚湿了大半，踩在楼梯上，一步一个水印子。

　　总算忙完，过道上却被人拦下，说是402有人发烧，折回去看过，周医生开了处方让她回去取药输液，这冷雨中又一趟，身上还有干的吗？

　　所以对胡子，她真的一直心存抱歉，要不是因为累、湿冷，还有那点小别扭，小护士李微的态度和技术不会那么焦躁。

那晚胡子的左手挨了她六针，真不含糊，扎出了血珠还没找到血管，唯有侥幸周医生走得早。

第三针的时候，胡子叫起来："你来实习的呀？打过针没有？"

她语气生硬："你血管长得细。"

"我这血管还细，是不是像水管子那样才不细！"他发着烧，还可以这么大声说话。

她不理他，第四针扎进去，又不对。

"我要投诉你，等着，我一定投诉你！"他生气了。

她也急，又慌，还带着气，心想这人脑子是烧坏了，投诉就投诉呗，当面通知我可不是活得不耐烦了。

说不清是否故意，反正在他的怪叫声里，她又扎了一次，待第六针终于成功时，那小子简直要拍床而起了，她冷冷地把胶布按在他腕上，道："省省吧，等你好了再报仇。"

周末晚上，宿舍人走得干净，她靠在一张椅子上，疲惫而无聊。

他不是个听话的病人，一会儿翻个身，一会儿又欠着身子去调快输液器。

"别动！"她黑着脸，调回原来的速度。

"滴得太慢，受不了。"

"滴得太快了，你更受不了！"她瞪了他一眼，"出了事我可不给你负责。"

"快些打完你不就能早点走吗？"他忽然说了一句，"衣服都湿成那样了。"

不期而至的好意让她有些无措，却仍装作无所谓的语气："快干了。"

"你要是不嫌，可以换上我的拖鞋。"或许是他躺着，视线正好看到她湿得透水的鞋，"要是冻坏了，下次给人扎针不就更笨了。"

没马上应他，但她心里却有一束很细很细的暖热，悠悠地绕起来，直到那晚回家，都没冷下去。

胡子其实长得还行，高高大大的，两颊留着些很酷的髯，眉眼有种特别的神采，当然，那是他病好的时候，大大咧咧往人前一站，遮挡了不少光线，而她一时没反应过来。

"那个谁，你叫什么名字？"他扬着下巴。

"干吗？"她有点紧张。

"投诉你。"看不出是真是假。

她冷笑："我傻啊，把名字说了等你投诉！"

"那我只好向院长投诉，咱校医院有个护士一连三晚义务出诊输液，挽救了一个垂危学子的生命，可她做好事竟然不留名！"他笑。

她乐了："行了，有时间把胡子刮刮吧。"

"才不呢，没了这把美髯，我还叫什么胡子？"自我感觉如此良好。

她高傲地倒吸了一口冷气。

再次见到胡子，是陪一个男生来打针。

一见是她值班，这胡子转头看着那男生的胳膊坏笑："兄弟，等会儿坚强点啊！"

她又好气又好笑，心里好强起来，结果这一针打得相当漂亮，抬头瞥胡子一眼，他正有点愤愤呢："进步神速，还不是我那六针练出来的！"

她伶牙俐齿地接上："觉得不公平呀，那我好好地补你一针？"

他只能瞪眼睛。

那天他们明明出了门，胡子又一个人折回来，瞅瞅四下无人，从口袋里掏了样东西抛给她："接着。"

"什么啊？"砸得手心有点痛，好大一颗金灿灿的朱古力。

"毒药。"他头也不回，扬长而去。

这副德行总让她牙痒痒的，恨不得拎他回来涮消毒水，"哼，等我下次见到你——"她狠狠地念叨，低头摩挲那颗朱古力，金箔纸微碎地响，她合拢指尖，轻轻放进衣袋，唇角一挑，还是笑了。

试过这个办法没有，当你想见一个人，只要在心里拼命想拼命想，神了，你真的会见到呢。

隔天就见到胡子了，她去邮局取个大包裹，下了点雨，还好带了伞。

经过图书馆大楼，门廊前三三两两避雨的人，突然朝她喊了一句"喂"的那个，可不就是胡子。

她没停，高举着伞走过去，然后不知怎的，又高举着伞走回来，踌躇间，那胡子已经飞快地穿越雨帘，眨眼的工夫就站在她伞下了。

"干什么？想蹭我的伞啊！"她出言不逊。

胡子轻巧地拎过她那大包裹，一手夺过她的伞："怎么是蹭？明明是抢。"

"光天化日抢人家的伞！你这么厚的脸皮，竟然也能长出胡子！"她冷笑。

"你脸皮也不薄吧，走过来又走过去，还不是想让人家帮你拎东西。"他也不客气。

他比她高，伞却故意擎得低，是迁就她，凭良心说话，其实那把小伞几乎全斜在她这边，他半边身子都在雨中。

她把伞推过去一些，还是没好气地说："别把我的包裹弄湿了。"

"你没看到是防水包装吗？真是笨。"他横着嗓子，有点沙哑，带出两声咳嗽。

"干吗咳嗽？"严肃地问。

"我故意的，沙哑的声线比较迷人。"又咳嗽了两声。

"喉咙发炎了吧！正好，跟我去拿药。"

"才不呢，这点毛病有啥啊。"

"不吃药，我就找你练针！"

他转头瞪她，她也仰头瞪回去，瞪到两人撑不住笑。

这种感觉是很奇妙的，走在他身边，校道上树被打湿的清清的气息，雨丝曳在脸上，一凉。耳廓偶尔擦过他的肩膀，迅疾而又细微地敏感，那卡其布外套粗糙温暖的质地。

第一次觉得学校太小，校医院这么快就到了。

他在她的逼迫下拿了消炎药，在她的逼迫下允诺按时吃药并且忌口，皱着眉毛扭来扭去老大不情愿的样子，她忍不住当胸拍他一记："老实点！"

他匪夷所思地瞪大眼睛，还是老实地走了。

然而不久就发现他的不老实，周末晚上她和小廖去东门边上吃麻辣烫，闹哄哄的夜市，一眼就望见胡子，混在一班男生里，张大嘴在那儿啃烤翅。

她想都没想，动作麻利地过去，劈手夺下他的烤翅："喉咙发炎还吃！"

愕然的胡子，轰笑的看客，她这才想到自己是不是有点冲动。

"胡子，这美女是谁啊？""赶紧通报通报！""嘿嘿，你看胡子都吓傻了。"

胡子微红着脸，谁知是不好意思，还是吃多了麻辣烫，他讪笑地招架着，呵斥起哄的家伙，低低地带了点恳求地对她说："姑娘，我喉咙发炎是上周的事，我会好的，行吗？"

她的脸其实也红透了，一声不吭地回到座位，想起手里还抓着他的烤翅，只得折回去给他："那你就吃吧。"

真是的，又惹了他们一顿笑。

转眼就到期末考试，她知道这个，是因为来校医院排队装病的同学多了起来。

胡子这家伙，也来凑热闹。

她把胡子从队列里拖出来："你干吗？"

"看病啊，我肚子疼，肠胃炎！"这红光满面声若洪钟的，还肠胃炎。

"别装了，今年这招不好使，装病的人特别多。"

"那怎么办，我23日要参加一个很重要的面试，必须缓考。"他着急了。

"那——那就装得像一点吧。"她也没什么主意。

"吃什么会像肠胃炎啊？"

"如果你吃了肥腻的东西再吃一点冷的东西，或者是没洗干净的水果——"

"我天天都这么吃的，没用，有没有立竿见影又省事的？"

"嗯，或者你吞牙膏试试。"她缩了缩脖子，知道自己在做一件不靠谱的事。

"可行！"胡子点头，跑回去吞牙膏了。

事实证明这是个极为有效的致病方法，因为胡子不仅如愿以偿地得了肠胃炎，而且看起来相当严重。

想起这，她心里总是歉疚极了，那天胡子上吐下泻，脸都绿了，又输液又灌葡萄糖，在急诊室折腾了一晚上。

她一直守在他身边，害怕又心急。天快亮的时候，胡子睡着了，她靠近些细看他的脸，憔悴可怜的人啊，一夜竟长了这么多胡须，杂草似的。

周围没人，很静，她抬起掌心，轻轻地碰了碰他的脸。

胡子醒来的第一句话是这样说的："我装病——从来没这么像过。"

她理亏，期期艾艾地说，"我也不知道会这么严重，我家小狗吞了半支牙膏，才拉了两回。"

胡子翻着白眼昏过去。

寒假回来便是春天，波罗蜜树的叶芽一天比一天圆绿，直到长出一面碧绿的小扇，可是好多天都过去了，怎么一直没见胡子？

那条路她常走，常故意走走，火红色的钟楼，再往左三百米，那开着花朵的凤凰树，转过去，拐个小弯，便是米黄色的宿舍楼，清早、黄昏，或者午后，来来往往的人那么多，没有她想见的那个。

直到五月，她才见到胡子，那是护士节的前几天，她和同事在楼上排练舞蹈，一个双臂伸展的动作，不知怎的，她忽然朝窗外看了一眼。

胡子！看那背影就知道是他，他在波罗蜜树丛里晃悠着，正要慢慢地离开。

她来不及和人说一声就冲下去。

"喂！"她气喘吁吁地喊一声。

胡子转过身来，竟然是他先问："找你呢，你跑哪儿去了？"

"你跑哪儿去了？这么久都没见人！"她比他更大声。

"最近都没得什么病。"他有一点点害羞。

忽然心里就委屈起来，也是，没病谁会来校医院呢，她只是一个小护士。

"那你找我干什么？"她没精打采。

"拿点晕车药。"

"帮女朋友拿的吧？没听说男生要吃这个的。"

"我哪有女朋友？不信你去打听。"

"关我什么事？我闲着没事儿干啊？打听这个。"她冷冷地说，只是鼻子在酸，不是想哭，不是的。

"好吧好吧，拿点感冒灵、胃舒平，或者风油精，随便什么都行。"

"里面全是医生护士，自己不会去找啊！"她没好气地说。

"你是手雷啊，一碰就爆炸！"他高声道，有点生气，仍默默地从挎包里掏出一个漂亮的礼品袋："给你的，手雷！"

"干吗啊？"

"护士节！"

她小声地"哦"了一下，一颗心忽地舒展。

"是什么呀？"为了掩饰自己的窘，她在找话，装作好奇地张看礼品袋。

"毒药！"胡子还有气，低头见她弱下来的眼神，终究是狠不下去，"就是上次那种朱古力嘛，你觉得好吃吗？"

"我怎么知道，我又没吃。"她老实说，她的确没吃，没舍得吃。

"那你就吃吃看，加班饿了可以吃，赶不及早餐可以吃，当然，闲着没事也可以吃一颗，或者吃好几颗。你要记得吃，放久了会过期的，我也不知道你喜欢不喜欢吃。"他突然有点啰唆，停了一会儿，腼腆地垂下眼睛："我也不知道送什么给女孩子好。"

气氛忽然微妙得让她连呼吸一下都不敢，他是不是也这样，好静，连风吹那树上的叶子，也是屏着气儿的。

"不会过期的。"不知过了多久，她说，说完自己先就跑了，绝对不敢回头。

一口气跑上楼顶，迎着风，背着墙，礼品袋贴在胸口，它能听到她的心跳有多快。

胡子就是胡子，可恶，送礼物也不忘损她。她打开那张小小的卡片，两句话，第一句就是"尽管很剽悍"，她笑着骂了一句，看第二句，"依然很天使"。

六月将尽，校园里每天都有互相拍摄的人，那些行将离校的毕业生，要将母校的每一寸景致，他们留下的痕迹，打包珍藏。

胡子也在里面。那天下班，她和小廖走出门，看见一群人笑笑闹闹地在树丛里照相，抓拍的正是胡子。她的心没来由地一慌，他也要毕业了吗？

胡子笑容满面地跑过来："来来，照相照相。"

小廖笑得促狭，把她往前推。她知道自己有样不好，人多的时候总有点装，改不了，这次也是。她不耐烦地说："照什么相啊？"

"母校的美丽风景啊，你看我把校医院也拍下来了，以后可以回忆一下。"胡子今天的态度很好。

"回忆什么？回忆你得过什么病？"她这张嘴呀。

胡子无奈地笑了，低声地带着些恳求地说，"给你拍一个好不好？"

"不！"她本能地嘴硬，其实只要他再说一句，她会说好的，她一定会说好的。

但他没坚持，也许同学在催他，他转头应了一声。

"那好吧——我要毕业了，明天回家，我家——挺远的，下雪的地方。"他匆匆地说，正正经经地说，不是开玩笑，也不要态度，这样的正正经经让她心乱，她宁愿他不正经。

"嗯。"她沉吟着说点什么好，就是不知说什么好。

"跟你说一声，再见。"他在等待什么吗？笑了一下，并不由衷。

"哦。"她应得有点机械，看着他挥手，转身，跑，跑回人群里，混在树影里，辨不清楚了。

再见，什么意思，是会再见面，还是再不能见了，她心头有一些恐慌，不晓得如何整理。

这一天她都在找理由去见他，可是能说出口、能不露痕迹的理由好难找啊。挨到了晚上八点，不能再等了，她带了两盒晕车药急急出发。

胡子的宿舍楼前人声鼎沸，楼上挤满了看热闹的男生，楼下那些成群结队的女生，仰起头双手拢在嘴边热情地喊着，这就是每年毕业高校最壮观的风景，喊楼。

她停下来，站在栏杆外面，女生们在喊："05计2的男生，我们爱你！""李信东，05计2的女生爱你！""张海林，给我们唱首歌！""501的王涛，梅梅一直喜欢你！"楼上的男生拍掌敲起盆啊桶啊，笑啊喊啊唱啊高声回应着，不知飞快跑下来的那个是不是王涛，他一把拥抱的那个，是不是梅梅。

不知看了多久，一群女生没散，又一群女生聚集，楼上的男生拥下来，她远远地望着他们的勇敢和欢乐，身上热了又冷，冷了又热，衣袋里那两盒晕车药被她攥得走了形状。

还是悄悄离去。

八月，校医院整天都难见个人来，跟从前放假一样，可她知道有一样是不同的，假期过后，胡子不会再来。

他会很快把她忘了吧，而自己，又要多久才能把他忘了呢，这窗外的波罗蜜树叶子，这遮不住的视线啊。

一个有雨的晚上，下了夜班她在校园乱走，不觉来到胡子的宿舍楼前。楼上没一盏灯，静，只听到雨声和她微微的气喘。

她知道，第三个楼梯口上去，四楼，402，就是胡子的宿舍。

胡子，讨厌的家伙，这么快就跑回家了，你至少，至少给我一点时间，给我一点说话的时间。

眼角潮了，千万种说不清楚的感觉喷涌上来，

"402的胡子——"她突然用力地喊出一句，周围很静，她被自己吓住了，捂住嘴，等了一会儿，只有潺潺的雨声。

睫上一动，泪就下来了，她轻轻地说下去："再见。"

她知道自己的意思是，会再见。

那一季的紫荆花开

（代后记）

　　我知道记忆不会老，但时间是只脱线的布袋，路既长，行既远，一点一点无声无息地遗漏，需要时常探手摸一下，确定它在，并且有多少。

傅丽敏

我们读大一的时候，师兄Y快毕业了。

那年的系篮球比赛，我们三个哪里是去看球，明明是去看师兄。很快目标锁定，11号是阿米的，4号是我的，8号是影影的，谈笑间，场上最帅的几个师兄就这样被瓜分了。

一周后，我和阿米变心了，4号太傲慢，11号很粗鲁，但影影还是那副动了情脸就红的样子："我就是喜欢8号。"

8号就是师兄Y，他有浓黑的英气逼人的眉，大部分时间稳重严肃，笑起来却可爱得像个小孩。他是学生会主席，他的论文获过奖，他是中锋，总穿着红色的球衣。

那时候我们喜欢某个人都不是光明正大的，怕羞，要面子，也笨拙。但是一个人胆不够，三个人胆就够了，一个人不敢乱来，三个人就敢冲动，这叫集体犯罪，法不责众。

阿米开始跟踪师兄Y，在图书馆借了什么书，在饭堂买了几个包子，然后影影就很甜蜜地说，明天我也要借这本书，我也要吃这种包子。

我开始跟学生会的人套近乎，想尽办法搜到一张运动会上Y和别人的合影，然后我们三个挤在小床上，嘻嘻哈哈地看相片，嫌合影那人难看，剪子一咔把他剪掉。

我们要让他知道点什么，至少要受些骚扰，于是一个叫傅丽敏的女生出现了，她没有班别地址学籍档案，她只存在于，每周一早上的广播站信箱，她的歌永远点给师兄Y。

点歌进行到第八周的样子，终于引起了师兄Y的注意。他开始寻找这个名字，也问到了我："你们班有没有一个叫傅丽敏的女生？"

"没有，没有这个人。"我一本正经，的确没这个人啊，我哪里有骗他？

Y拧着黑眉毛，困惑地"哦"了一声。

此时影影就在我旁边，多好的表达机会，可她站在那儿傻笑，脸红得惨不忍睹。那时白兰氏鸡精的广告有一只红透的灯泡，我和阿米就骂她变成白兰氏。

直到现在，二十多年过去了，Y都不知道这个秘密，傅丽敏不是一个人，是三个，我们的绰号都是米字开头，three Mi的谐音就是傅丽敏，可怜的Y，他再聪明也想不到。

春天的一个周末，我们偶然经过一间教室，灯火明亮，清清楚楚地看到，师兄Y，拉着一个清秀女孩的手。

那晚在校道上慢慢走，大家都没说话，风吹着，紫荆树的花瓣悠悠地落，阿米发了一个愿，如果她接到一片花瓣，师兄Y就还是影影的。我忘了阿米接到花瓣没有，只记得她跑来跑去，仰着头伸出手掌嘴巴微张的样子，又可爱又傻。

　　傅丽敏的点歌没停，影影坚持这件事，就像那天在图书馆遇雨，她看见师兄Y和女友在门口避雨，让我把她的小伞送过去，我不乐意，她轻声地求我，坚持着。

　　前几天，我发了Y现在的相片给影影，影感慨着回复，他的眉毛还是那么黑啊。

　　能想象她此时的表情，那永远白兰氏的脸红，她是真的喜欢过他，他知不知道又怎样。

≈

给我一碗炒米粉

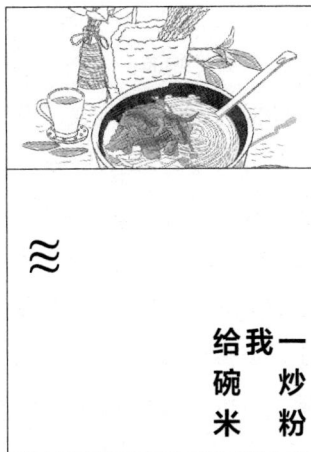

　　阿米最经典的形象是，晚上临睡前，她摘掉隐形镜片，戴上白边大框近视镜，穿着很土的花睡衣，短发蓬松着，简直是蓝心湄版的"米粉妹"，阿米的爱称就来自这个米粉头。然后一次现代汉语课，老师讲声调上扬的例句"给我一碗炒米粉"，我们都坏笑着看阿米，这个名字就传开了。

　　白天的时候，阿米穿着剪裁贴身的紫色小裙子，手腕上一串彩珠，走过数学系的教室，男生都叫魔鬼身材。我曾剪过一张周海媚的照片，师姐乍看去叫，咦，这不是阿米吗？

　　阿米说话轻声细语，她妈妈信佛，阿米平时总会救很多蚂蚁啊蚂蚱啊，但她为我打过架。其实那件事是我的错，学院信息报有个化学系的男生，脸上有很多痘痘，我不知死活，竟然在编辑部的黑板上给他画了幅漫画，还配了打油诗，以为大家熟就可以开玩笑。男生很生气，狠狠骂了我一顿，我又惊又羞回宿舍哭了一场。影影好言哄我，却不见阿米，下午的时候见她眼睛红红的，什么也不说。后来才知道，这个轻言细语却刚烈如火的米，竟然去找那男生为我报仇，骂了几句文绉绉的，自己却先气哭了。

阿米对朋友的好，就是这么让人难忘。记得有年冬天我参加演讲比赛，紧张得两手冰冷，阿米把自己的手放进袋里焐热，再过来暖我的手；记得她在灯下戴着大眼镜，表情严肃地为我缝补羊毛衣上的小洞；记得学期末放假她送我去旅游，在我午睡的时候晾好开水；记得在我最低落的那段日子，她每晚陪我跑步，冬天寒风阵阵，抬起头，操场远处总有她不变的身影。

十二级的台风夜，她和我撑着把破伞去外面冒险，搬新宿舍的第一晚难眠，她和我起来聊天通宵达旦，中秋节我们端了盆清水爬楼顶，去考证从月影中看到真命天子的传说到底是假是真，平安夜里我们穿着火红的大衣一路呼啸穿过校园。我们也斗过气，也冷过战，都是脾气倔强的家伙，甚至一度为了不想见到对方而绕路走。但是毕业酒会那晚，离别在即，我的眼睛红了，她过来劝慰，话未出口，却伏在膝上大哭。

我结婚那天，阿米交给我一封信，说日后再看。那封信写着：

"Dear凌，明天就可以见到你了，但我还是想给你写信，首先我要谢谢你，在湛师的四年里，我无法否认，跟你在一起的日子最开心，跟你一起吃饭、吃零食、吵架、冷战都是那么值得回味，原谅我当年的倔强吧。……如果可以的话，许多年以后，我们这些白发苍苍的老婆婆带着鹤发童颜的老公公来聚会，那该多有趣啊！定下半个世纪之约，怎样，一辈子的朋友？（捏捏你的脸）"

我吸着鼻子："讨厌，明知我化了妆。"

她笑嘻嘻地说："我有让你现在看吗？"

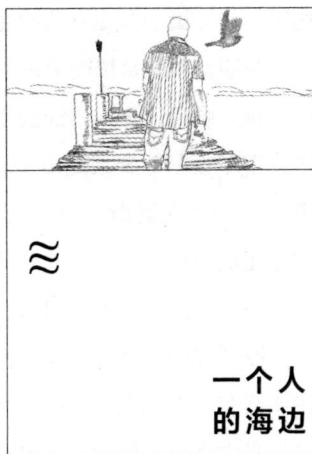

一个人
的海边

她们不知道，我有时候请假去图书馆、去看牙医什么的，其实都没去。

我只是想一个人走走。

坐上公交车，穿过荒芜的开发区，道路越来越宽，远远看见蓝色的海平线。

那里有个安静的码头，狭长地延伸出去，两边是白色的栏杆。我就坐在那儿，海和天，无边无际地打开，海鸥，浪的水星，还有潮湿的、重重的风。我什么都没想，什么也不干，能这样坐上一下午，很舒服。

我有时候看渔民拖网，有时候看小舟破浪而来，有时候还能看到军舰，那些水兵都晒得很黑。一次有个水兵哄我，说对面岛有庆祝活动，年轻的姑娘们都能收到一份礼物，我竟然相信了，还问有什么礼物。那时候的单纯多么傻气啊，我到大二的时候才从几幅产房图片里知道小孩是从哪出生的，为此震撼惊恐得一晚上没睡着。

在朋友中间是热闹快乐的，但一个人也有一个人的愉悦。

有时候我一个人打饭到空教室吃，一个人跑去公园里看书，一个人很早很早地起来跑步，一个人骑着自行车穿过霓虹灯里迷茫的夜雾，一个人逛街，一个人坐车回家。那时候的思想还没深刻到"高贵的孤独"，只是喜欢周期性的脱离团队，一个人，是为了邂逅，还是旁观，是为了自省，还是仅仅为了自由自在。

报到那天，我一个人跑去新生接待处，找人到门口抬我的箱子。我有一个超大的箱子，两位可爱的师兄一口气帮我抬上六楼宿舍，其中那个，笑起来全世界都会出太阳的师兄，现在是我十七岁孩子的爸爸。

我一个人去旅游，在安顺的火车上遇见过小偷，在昆明的旅店里遇见过骗子，但更多的是朋友，那么偶然地在那天那刻那个地点遇见、攀谈、做伴，然后下一刻挥手告别，再也不会见面。

许多次归来，远远看见宿舍温暖的灯火，不禁加快速度跑上去，站在门口大声喊："喂，我回来了！"

她们各自忙着，习以为常地看我一眼："哦，给你留了好吃的。"

我的小桌上有时放着一串荔枝，或者两个橘子，或者一碗龟苓膏，还有一次甚至是只大鹅腿。

那是我非常幸福的一刻。

看得见
男生的
阳　台

　　我班男女生的关系并不是特别融洽，也许是刚开始的时候大家特别想融洽，用力过了，太刻意小心，反而疏远了。

　　最记得一个失败案例就是生日会。刚入学的时候，遇有人过生日，全班三十多人聚在男生大宿舍里，坐成一圈，围着一桌子零食拼命吃，因为不知道说什么。

　　有几个活跃开朗的，但是带不起大多数的沉默。于是吃完了，时间到了，女生逃离，大家都有松一口气的感觉。

　　我们不大懂得彼此。我们不懂他们写的郁达夫自叙传式的散文，波特莱尔式的象征主义诗歌。我们听不懂摇滚，讨厌喝酒，还有他们昂着头目空一切走进教室的样子。

　　他们也不耐烦我们的小情趣小伤感小女子心胸，还有那么多的小题大做。我们在一起说话，东西走向，南辕北辙，费劲。

　　但，他们会为一个同学受到威胁集体出动和人打架，会在台风登陆的夜里为女生钉牢门窗，搬宿舍的时候他们默默地做我们的民工，班级活动迟归他们又变成梯子帮我们爬门，三月八日女生每人都有一枝玫瑰，大四的节日他们还策划了早操的鞠躬致礼——可惜，那天早上我们都睡了懒觉。

大三那年他们搬到女生宿舍对面，我们从阳台上看见谁在抽烟，谁在弹吉他，谁深夜不眠。有段时间女生宿舍门夜半总听到恐怖的抓响，全赖他们整宿在对面巡视，守卫我们的安全。我们常遥遥对望，用夸张的手势互传通知。我们常彼此监督，大声警告熬夜打牌的家伙马上关灯。

毕业那晚我们哭，他们喝酒，重逢的时候我们笑，他们还在喝酒。他们总抱怨我们女生不肯陪他们喝醉，不会欣赏他们，不讲义气。呵呵，那又怎样，只要一个电话，他们会毫无怨言千山万水地扑过来两肋插刀——这样的人，叫兄弟。

≈

**402 的
最 后
一 晚**

　　我总梦到402，我们的宿舍。谁的拖鞋在走廊踅过，谁戴着耳塞哼起了老狼的歌，谁抱着电饭煲藏进床帘，自律会的人就在外面，谁点燃了熄灯后的第一根蜡烛，谁第一个讲起隐秘的心事，谁晾的衣服在轻轻滴水，谁在梦里傻笑，谁在为等待痛哭——

　　那次回母校，站在楼下仰望402。看得久了，我突然害怕，害怕下一秒钟从那门口跑出来的会是她们。她们会站在阳台上狠狠地向我招手，让我快上来，还是让我等等她们马上就来？

　　那么恍惚的念头，恍惚如站在这里回望时光——

　　1997年6月26日凌晨两点，大学的最后一夜，我拿着纸和笔要她们留下一句话。

　　吕斯雅（躺在床上）：嗯，我希望十年之后大家可以再见。

　　黄华军（感冒带着鼻音）：希望你在明年的6月26日可以梦见我。

　　全春玲（穿着宽大的睡衣在发呆）：我担心，我真是好担心，我担心很多东西。

吴妙婷（穿着红格子衬衫鬼鬼祟祟地进来）：我刚从冲凉房回来，没有水。

林娥（正在铺蚊帐）：麒凌明天你一定要等我送你。

赖晖（仰躺床上，媚态毕露）：等我发大财，请你吃大餐。

符春盈（写留言，一脸迷惘）：我真是不知道讲什么，我都写傻了。

李茸（抓牌）：你打扰我，我恨你，我在输。

邹小蕾（含情抓牌）：我会想你的，我结婚一定请你。

何华（大笑着，压低声音）：I love you，永远！

我总在梦里回到402，我梦见自己对她们说："真有意思，我做了一个梦，我们都当妈了，我儿子比影影的儿子大一天——哈哈，大一天也是大。"

那种洋紫荆岭南处处都有，我却总觉得湛江师院(现在叫岭南师院)的最美。温暖的亚热带冬天，它们那盛大而惊艳的花期，无论开或者是落，都是大朵大朵地隆重热烈。

也许，这世上从来都不少冷漠欺骗和势利，但请你一定相信也有友善真挚热情和永恒，一定相信春天，那些花儿，我见过。

谨以此代后记

陈麒凌

2018年6月于荔枝红了、黄皮甜了的阳江